U0055567

張小嫻

AMY CHEUNG

愛情王國

當你夠強大，才能活成自己喜歡的樣子

張小嫻

序／願你始終相信，這一生，會有一人，陪你走過繁華，也陪你歸去平淡

人生每個階段想要的東西也不一樣，就像你十七歲的時候愛的那個人到了二十七歲也許就不愛了；當你年少，曾經愛一個人愛到難受，你願意為他做任何事，甚至為他死，後來的一天，你卻連他的生日都想不起來。什麼是愛？生命中的每個時刻或許會有不同的定義；有的人，你愛過他，也恨過他，後來原諒了他，終究還是沒能走到最後。有的人，他是你十七歲那年的單曲循環，你天天聽著同一首歌不曾厭倦，你以為今後再也不會這麼愛一個人了，若干年後，他成了回憶裡的一首舊歌，你想起的只是當時年輕的自己，你微笑跟自己說：「哦，我曾經是這麼愛他。」當你十七歲，你不知道二十七歲的時候會愛著誰，又會在誰的身邊微笑和哭泣。

有的人在幸福中長大，有的人在挫敗中長大，有的人在風浪中長大，有的人在

愛情裡長大，當你老些了，回首你走過的路、回想那些你愛過的人、回望那些和你一起長大卻又不再相見的朋友，還有那些離你而去的親人，你是不是終於看出了無常？你甚至不知道你擁有的一切是否可以留到明天。即便到了二十七歲，你也不敢確定三十歲的你會不會快樂。

除了這一刻，又有什麼是可以把握的？然而，每一刻卻也在飛快地消逝，前一刻看到朝陽，轉眼天色已晚。我記得，曾經有個人在許多個夜晚當我累了想回家的時候總是柔情蜜意地跟我說：「早著呢。」那時候，我手上好像有耗不完的年輕的光陰。

這一生，到底為何而來？從小在天主教會和基督教學校讀書，雖然現在信佛，但是，讀過和聽過的聖經故事一直在我心裡，就像小孩子不會忘記兒時讀過的童話，這些童話故事總會在人生某個時刻突然從記憶中蹦出來，我記得聖經裡有句話的大意是：「這一生的勞苦是為了什麼？」是啊，我來這世界一趟是為了什麼？是還願嗎？是圓夢？還是報恩？唯願我離去的時候已經把該還的恩都還了，再也不欠任何人。

這一年，是風雨飄搖的一年，我想念去年在武漢簽書會上的每一張熱情的、歡樂的臉孔，很想再見到他們，唯願他們安好；這一年，也是孤寂的一年，多少人因為疫情被隔離？多少人失去工作和鬥志？多少人失去親人和朋友？義大利米蘭的貝加莫城甚至失去了整整一代人，原來，我們的生活從來沒有自己以為的那麼安穩，我們所謂的安全感竟是那麼脆弱。我偏偏選擇了這一年回去學校讀書。讀書是我一直以來的心願，很久以前就想著等我老了要重拾課本，好好享受那時因為半工半讀錯過了的校園生活，沒想到終於如願卻又碰上疫情，大部分時間只能在家裡上線上課。我其中一篇論文寫的是蘇軾的詞，蘇軾幾經貶謫，一生落魄漂泊，至死也回不了故鄉，他卻始終樂觀豁達，是一個在苦難中自我完成的人。「小舟從此逝，江海寄餘生。」我好像也到了能夠理解這種心境的年紀了。

雖然過不上我期待的校園生活，但是，選擇這一年回去讀書，看來還是對的，外面風雨飄搖，而我那麼幸運可以靜下心來讀書。我寫了那麼多的散文，卻依然會為怎樣寫論文而苦惱，人生只要有想要完成的心願、有嚮往的東西，就值得微笑和等待，也就依然年輕。

我的同學年紀都比我小，停課之前，一個有點愛情煩惱的男同學想跟我傾訴，卻羞紅著臉說不出話來，被身邊的人拉走了。前兩天，剛剛結束一段糾纏了許多年的三角戀的女同學跟我說：「也許這輩子再也不會遇到喜歡的人了。」怎麼會呢？只要你相信自己值得被愛，緣分總會在某個角落等待著你，曾經的天涯之遙，終會變成咫尺之隔。是有一個人，在平行時空裡和你一起前行，直到一天，當你倆相遇、相愛，你會發現，原來他一直都在，但你必須前行，才會遇到他。

在遇到命定的那個人之前，好好生活吧；當你活得好，你會得到更多愛，你也不會那麼害怕孤單。願你始終相信，這一生，會有一人，陪你走過繁華，也陪你歸去平淡。

有的人因為愛別人而學會愛自己，有的人因為愛自己而學會愛別人，殊途同歸，只要你慢慢強大就好；當你強大，你才能夠面對人生的風雨，才可以活成自己喜歡的樣子。這翻天覆地的一年，難道你還看不出沒有什麼是永遠不變的嗎？這一次的疫情難道沒有改變你嗎？愛情不是人生唯一的追尋，疫情過去，你更清醒地知道，那些要你卑微、要你委屈自己、給不了你溫暖的愛情，都不值得你繼續；所有不愛你的，都配不上你。春光短，別浪費餘生。

有些人，雖然不能在一起，但他永遠在你心中占一席位；有些人，終於在一起了，那就好好珍惜吧。那些在你生命中停留過的人，那些你愛過的人，甚至那些傷害過你的人，都成就了你，所有這些歷練，也會使你強大，讓你學會自愛和珍惜。所謂完整，所謂歸宿，甚至所謂成敗，都跟別人無關，只能夠由你來定義，自己過得愜意就好、少一些遺憾也就已經很好。無謂停留在過去的懊悔與未來的恐懼之中，過好現在，就是修正從前因為愚蠢而犯的所有的過錯，當下永遠是最好的，若有不好，我也要把它過好。我那麼努力，是為了有一天可以雲淡風輕；我掉過那麼多的眼淚，只為了可以微笑到最後。

一天，當你走到終點，回望一生，你終於明白，你來人間一趟，是為了自我完成。我們幸運地活下來了，今後，假使餘生若夢，唯願你可以選擇做一場美夢。

張小嫻
二〇二一年四月

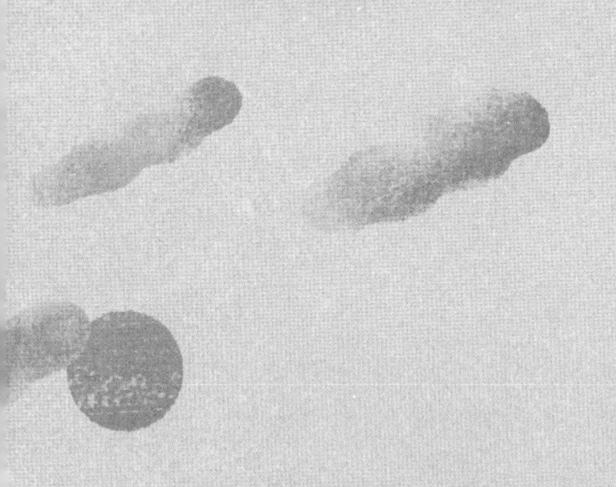

目錄

・Chapter 1・他是人間煙火，他是細水長流

·Chapter 2· 我們都是孤獨症患者

・Chapter 3・ 不要應酬這世界

· Chapter 4 ·
只要你夠強大就好

・Chapter 5・
願你能活得邋遢，也能活得精緻

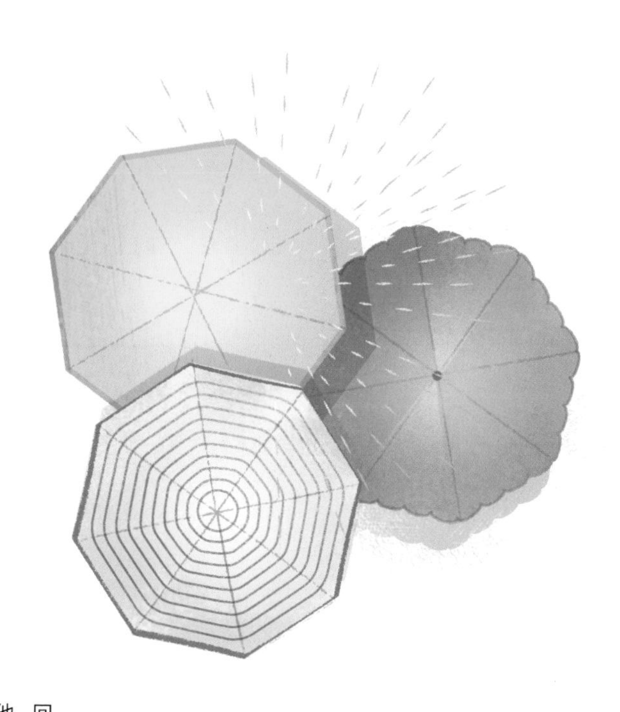

回家的路上，颳著風，下著雨，
他拿著傘，你挨著他走。
雨太大了，兩個人頭髮都濕了，
也濕了一邊胳膊，眼睛裡卻依然漾著微笑。
千萬人之中，我只為你轉身。

愛情哪裡有那麼多的大山大水呢？現實生活怎麼可能每天波瀾壯闊呢？再怎麼不平凡的人，也有小日子要過，粗茶淡飯、家常小菜。他是人間煙火，他是細水長流，請好好珍惜那個每次都把最好吃的那塊肉夾給你吃的人。

Chapter 1

他是人間煙火，他是細水長流

你是要結個婚，還是要結過婚？

一生那麼短，
請不要為了結婚而結婚，
不要因為不年輕了而結婚，
也不要因為家人的壓力和期待而結婚。

她和他，既是戀人，也是工作夥伴，兩個人，四隻狗，一起生活許多年了。兩個都喜歡旅行，喜歡美食，喜歡動物，沒打算當媽媽和爸爸。我問他們為什麼不結婚，她真心覺得這婚可以結，也可以不結，結不結也無所謂。要是她想結，他也會聽她的。

一天，他倆看到新聞，一個頗有名氣的中年作家猝逝，死後留下早年買的一幢房子。他那些貪婪的家人明知道他和女朋友一起超過二十年了，兩個人一直住在那幢房子裡，雖然沒有結婚，卻像夫妻一樣，感情也很好。可就是因為沒有結婚，他死了，他的家人立即把她趕走。

我這兩個一直沒打算結婚的朋友看完這條新聞之後就悄悄把婚結了，沒有大擺筵席，沒有通知朋友，也沒有拍婚紗照。婚結了，生活還是照舊。她不是害怕將來沒有房子住，他們根本沒有房子，住的房子一向都是租來的。結婚，不是為了感情和生活的保障，而是為了日後可以好好保障和處理屬於他倆的那一點點錢。假若其中一個人首先離去，另一個人也可以忠誠地執行對方的意願。

有些事情，的確只能由丈夫或是妻子去做。譬如說，要是其中一個病重，得馬上動手術卻又無法自己簽名，那就需要另一半簽名了；又譬如說，當他們年老，被大病折磨，要不要繼續下去，抑或停止治療，自己已經不清醒了，無法做決定，那也得由另一半為他決定。

我開玩笑說：「到時你可以決定不要救他。」

她哈哈大笑：「就是就是，到時肯定是不救的啦。」

所以，男人可以得罪全世界，但是千萬不要得罪老婆。有一天，你躺在醫院裡，神志模糊，命懸一線，決定救不救你的，是你親愛的老婆大人。

每個女人都曾經對婚姻滿懷憧憬，直到繁華落盡，才明白結婚到頭來是很世俗，也很實際的一回事。

名分保障不了愛情，會變的還是會變，要離的還是要離，出軌的還是照樣出軌。那我們為什麼還想要名分呢？是因為我愛你。

到了離別的那天，我可以什麼也不要，但是至少，我可以見你最後一面，送你最後一程。我有這個資格和身分，最後一次摸摸你的臉，根據你活著時的意願為你安排和處理一切，而我肯定會做得比所有人都好。

結婚的浪漫與深情並不是在最初的時候，而是在最終的日子。

一生那麼短，請不要為了結婚而結婚，不要因為不年輕了而結婚，也不要因為家人的壓力和期待而結婚。

結婚，是因為想跟這個人結婚。

哪兒有什麼適婚年齡呢？幾歲結婚，幾歲生孩子，這不都是幻想嗎？誰又知道以後的故事？

不要為了滿足別人而結婚，即使那是你親愛的家人。問你自己，你到底想要個前夫還是想要個丈夫？婚是自己的，苦樂也是自己的，請不要為了結個婚而變成結過婚。

婚姻縱使是那麼實際和世俗的一回事，它始終也是神聖的。不愛一個人，請不要嫁給他；嫁了，陪你走到最後的，應該就是他了。

無論他是個多麼好的人，無論他有多愛你，你不愛他，到了那一天，他在你病榻邊流的眼淚，只會使你愧疚和感傷，卻沒有不捨。你多想摸摸他的頭，叫他別哭，跟他說聲對不起，耽誤了他。

你也耽誤了自己。

他愛不愛你，就看這幾點

不愛一個人，
往往從眼睛開始。

這個男人愛不愛你，你心裡難道不知道嗎？
愛到底是感受到多少就有多少，還是要親眼看到有多少才算數呢？女人有時太忐忑了，感受到愛，卻也懷疑著愛，她需要憑證，就像她需要安全感。
他愛你？他不愛你？既然憑證是那麼世俗的東西，那我們就試著世俗點吧。
他愛不愛你，就看這幾點：
他愛你，他會把時間和錢都給你。
有些男人給你錢，可他沒時間陪你，常常丟下你一個人，即使不是忙工作，他也寧可跟朋友出去玩；有些男人給你時間，可是，錢他都捨不得給你，他嘴裡說愛你，卻對你吝嗇，那麼多年了，他有多少錢，你從來不知道，他也不讓你知道。
錢和時間他都給你，那麼，他是愛你的。

這很現實吧？世俗的東西就是這麼現實。

男人愛你，錢和時間都給你；女人愛你，時間都給你，不會問你要錢。女人好像很現實，卻也有她很不現實的時候。

他愛你，他會把最多的話留給你。

也許他在別人面前寡言木訥，他跟你卻有說不完的話。

他什麼都跟你說，心裡怎麼想，只說給你聽。

遇到快樂的事，他首先告訴你；遇到不快樂的事，他也是首先告訴你。你是他最好，也是唯一的聽眾。

他愛你，你的缺點他都知道，卻從不抱怨。

你也許像個小混混，你也許一點都不溫柔，你有時愛鬧脾氣，你嘴巴硬，你很自我，愛怎樣就怎樣，但他總是讓著你，從來沒想過要改變你。

你的好和不好他都知道，他一直都知道，不會因為和你一起的時間久了才開始忍受不了你的不好。

他愛你，他也愛你原本的樣子，即使你沒那麼好看了，即使你老了。

他愛你小小的眼睛和你肉肉的小腿，還有你不完美的一切。你做完雷射祛斑，像個花臉猫，連你家小狗都認不出你。但他依然對你微笑，告訴你，你臉上的斑斑挺可愛的，不去掉也沒關係。

他見過你最糟糕的樣子還沒跑掉，那麼，他是愛你的。

他愛你，你夜晚吃完飯肚子脹氣不舒服，他會幫你揉肚子，直到你呼呼睡著了。

他愛你，坐長途車的時候，你那顆大大的腦袋挨著他一邊胳膊睡覺，一睡就是一兩個小時。他肩膀累垮了也讓你挨著，不會叫醒你，不會說他很累，你可不可以坐好一點，別挨過來。

他愛你，送你回家的路來回要三個小時，每次約會之後他還是堅持送你回去，擔心你一個人在路上有危險。每次到家了，他要看著你進屋裡去，跟你說了再見才肯走。

他愛你，你不舒服，在床上吐了，他會幫你換過乾淨的睡衣，你睡覺，他去洗床單。

他愛你，當他吃到好吃的東西，他會想，要是你在就好了，你在就能吃到。

他愛你，你想吃的東西，無論跑多遠他都會買來給你吃。

他愛你，好吃的他都讓給你吃，一隻雞、一尾魚和一塊牛排最好吃的部位，他統統夾給你吃，明明自己喜歡吃，也說吃夠了。

他愛你，你哭著叫他走開的時候，他不會聽話走太遠，而是待在你找得到的地方。

他愛你，兩個人在街上吵嘴，他氣沖沖丟下你走了，卻一邊走一邊偷偷往後瞄瞄你有沒有跑掉，有沒有跟丟了，他故意走慢些讓你看到他。

他愛你，當你成功，他不會嫉妒，不會酸溜溜地說，你只是運氣好；他也不會說，老闆喜歡你，因為你是女人。

他愛你，雖然沒有很多甜言蜜語，但是從來不會數落你。

他愛你，他會對你不自私，他會給你自由，而不是想方設法把你捆綁在他身邊。

他愛你，他不會放棄你，無論你曾經多麼差勁，他也不肯對你死心。

他愛你，他的人生總有你的一席之地，他所有的計畫也有你的一份。

他愛你，他眼裡就有你。

當他愛著你，每次你看他時，你會在他眼裡看到你自己。不愛一個人，往往從眼睛開始。當有一天，你在他眼裡再也看不到自己，你就應該知道，那份愛，已經離去了。

愛你的人和你愛的人，如何抉擇？就這樣抉擇吧……

誰又真的懂得愛情呢？
不過是你遇到的愛情一路改變你。

愛你的人和你愛的人，如何抉擇？這真是個老掉牙的選擇題。

當你年輕的時候，你肯定會選擇你愛的人，這就好像當你年輕時，靈魂伴侶和生活伴侶要怎麼抉擇，你肯定會毫不猶疑地選擇靈魂伴侶，你才不要一個生活伴侶。後來的一天，你沒那麼年輕了，才終於明白，要找個生活伴侶並不見得比找個靈魂伴侶容易，甚至更難。

愛你的人，你可能沒那麼愛他，甚至不愛，但你應該不至於討厭他。

你愛的人，他可能愛你，也可能不愛；即使愛，也沒你愛他那麼多。

一個是愛你的人，一個是你愛的人，要是無法愛上一個愛你的人，那就不要害怕失望和受傷，去愛一個你愛的人吧。

假如沒有一個你愛的人，那就設法去愛上那個愛你的人吧。要是做不到，那就繼續等待，或者選擇自己一個人過日子算了。

你愛也愛你的，當然最美滿，可惜，世間的美滿太少，總有一個愛得多一些，總有一個還就另一個多一些。

誰不知道相愛最好？誰不知道相思比單思幸福？可世事豈會盡如人意？有時候，遇不到就是遇不到。

你是可以選擇等待或者選擇孤獨的，可你也不願意。

一個愛另一個多一些，或者兩個人愛得一樣多，結局是不是就會不一樣？有時候，卻會是一樣的。無論開始的時候是怎樣的一種愛情，無論這個人是你愛的還是愛你的，無論你如何努力去保鮮，愛情它終歸是會老的，這就是愛情的本質。到了那時候，一開始是誰愛誰多一些，已經不重要了。

愛情本來就不長久，直到它變成我不能沒有你，你也不能沒有我，你是沒有別人可以取代的，我也是。

茫茫人海，我們尋找心目中的完美愛情，最後總難免會失望。我們最終想要的是一個陪我們在世間走一回的人，他了解你，他喜歡你，他接受你的好和不好、你的光明和黑暗。

有人說，愛情會成為親情，也有人說，愛情不能也不應該成為親情。這兩種說法都沒錯，愛情只有成為一份像親情一樣的感情時，才不會有厭倦，才不會見異思遷，才不會分開，才可以相依到老。然而，愛情的確不是親情，兩個人再怎麼相愛，也是沒有血緣的，是沒有根的，說它是親情，多少有點自欺。而且，愛情一旦成為親情，也就失去了愛情浪漫和激烈的天性。

誰又真的懂得愛情呢？不過是你遇到的愛情一路改變你。

愛情多麼像一場賭博！有時你賭贏了，有時你輸了。跟賭博不同的是，賭博的結果比過程重要，你只想贏。誰會說「雖然輸了，不過也很享受那個過程，賭錢的時候也長大了」這種蠢話呢？

愛情跟賭博不一樣，愛情的過程比結果重要。愛的時候，當然想要一個美好的結果，可誰又知道呢？有些人到了結婚那一刻就反悔了，有些人結了婚很久之後才反悔，只想儘快離開，然後去愛別人。

我們享受過愛情的甜蜜，我們在愛情裡長大和蛻變，在愛情裡認識自己、照見自己，這就已經賺了，結果如何，也不那麼重要了，也不是我們可以控制的。

賭博當然是有風險的，你不會總是贏，愛情既然像賭博，自然也是伴隨著風險的，你不知道現在愛你的人哪一天突然不愛你了。

當然，也有可能是你先不愛他。

愛情和婚姻不過是明知不可為而為之。相信愛情或者相信婚姻的人，若不是天真，就是深情的、悲愴的，只有這樣的人才會明知不可為而為之。

愛你的和你愛的，到頭來也許都一樣。當你年少，你愛的人不愛你，那簡直要了你的命；然而，當你沒那麼年少了，你會笑話自己，他不愛我，我為什麼要愛他？沒有他，難道我的人生就不會幸福嗎？

跟一個你愛的人戀愛，然後嫁給一個愛你的人，這樣好嗎？這樣算是妥協嗎？

也許不是妥協，而是聰明的人看破了，沒那麼聰明的人變懶了，再也不想照顧別人，只想被人照顧。這是多麼透徹的領悟！卻要走過千百個苦樂參半的日子和那段漫長崎嶇的路。

什麼男人不能嫁？什麼女人不能娶？

請你盡量提升自己的眼光和品味，
請你盡量飛翔吧。

有沒有想過，假如換一條人生的軌道，你愛上的也許不是現在這個人，而是別人？我們都只是愛上我們能遇到的人之中我們認為最好的那個。

愛上誰，是否早有安排？跟誰終老，又是否終究是一場際遇？我們好像有很多自由選擇，最後才明白，每個人僅僅是在一方水土上飛翔的一隻小鳥，卻以為自己可以飛越整個世界。

愛上你，是因為你正好在我的人生軌道上，也在我飛翔的那一方水土裡。

所謂芸芸眾生，不過就是我窮盡一生遇到的、在我視線以內的人；所謂千萬人之中，也許不過就是那幾個人。唯一真實的，是的確沒有早一步，也沒有遲一步，剛好遇到你。

既然沒有太多的選擇，那麼，到底要嫁一個怎樣的男人，又或者要娶一個怎樣的女人呢？什麼男人不能嫁？什麼女人不能娶？到底有誰值得你與之共度餘生？一生那麼短，誰都不想犯錯。

可惜，你愛的那個人不一定愛你；你想嫁的那個人也不一定想娶你；你想娶的，又不一定想嫁給你。甲想嫁的那個人，可能入不了乙的法眼；乙想嫁的那個人，甲寧可孤獨終老也不要嫁。

誰又能告訴你什麼男人不能嫁呢？有時明知道這個男人不能嫁，明知道他不會是個好丈夫，明知道嫁給他會痛苦，但你還是會愛他愛到不顧一切，以為自己可以改變他，可以把他從一個浪子變成一個居家男人。

我只能說，當你懂得愛自己，當你頭腦清醒的時候，請你跟自己說：嫁一個對你好的男人，嫁一個肯承擔的男人，嫁一個比你聰明的男人，嫁一個你十年後也會為他感到驕傲的男人，嫁一個有幽默感的男人，嫁一個有理想和事業心的男人，嫁一個愛家庭的男人，嫁一個善良的男人，嫁一個捨得讓你花錢的男人，嫁一個肯上進和奮鬥的男人，嫁一個對你的家人和朋友好的男人，嫁一個會照顧你的男人，嫁一個不斷進步的男人，嫁一個對自己有要求的男人，嫁一個專一老實的男人，嫁一個愛你的男人……

是不是太難了？都說在頭腦清醒的時候應該這樣告訴自己，可惜，大部分人戀愛的時候頭腦都不太清醒。

什麼女人不能娶？這個也太難回答了。

有些女人單身的時候既自我也任性，結婚之後卻好像換了個人似的，變成賢妻良母。人難道不可以改變嗎？當我說什麼男人能嫁，這也只是你當時的感覺，那個愛你、對你好、肯承擔、捨得讓你花錢、專一老實又善良的男人難道不會變心嗎？都說不要娶一個花錢大手大腳的女人，可要是她花的是自己的錢又怎樣？男人花錢大手大腳就沒問題嗎？

功利的婚姻就一定會成功嗎？

理性的婚姻就一定比感性的婚姻成功嗎？

人總是會變的，你只能選擇此時此刻你所相信的那個人，然後跟自己說：「希望我不會錯。」

要嫁一個怎樣的男人，又要娶一個怎樣的女人？嫁一個有智慧的男人，娶一個有趣的女人吧。人生這條苦樂參半的漫漫長路，智慧和有趣太重要了。

至於如何去判斷什麼是智慧，什麼是有趣，那是每個人自己的智慧和品味，假使你連這個判斷能力都沒有，誰也幫不了你。

當你還年輕，好好去享受愛情，好好去為自己的人生奮鬥吧，不需要太早結婚。為什麼那麼急切要結婚呢？婚姻從來沒有你想像的那麼簡單，沒有愛情固然不行，光有愛情也是不行的。當你成熟些、聰明些，當你獨立些，當你多一些閱歷，當你見的人多了，你才會比較知道什麼男人能嫁、什麼女人能娶。當你足夠老了，也許才不會那麼容易犯錯。

既然不可能換一條人生軌道，既然注定生於這小小的一方水土之上，能見的只有那麼多，那麼，請你盡量提升自己的眼光和品味，請你盡量飛翔吧。

你應該選擇和什麼樣的人相愛

我們往往不是選擇對自己最好的那個人，
而是選擇愛的那個人。

愛情有時就像上帝跟你開的一個大玩笑，你愛著一個不愛你的人，一個你不愛的人愛著你。下大雨，他走在前面，你在後面為他撐傘，後面卻也有一個人為你撐傘，可你不願意轉身去接受他。

只要轉身也許就會得到愛和幸福，可是，轉身又怎可以勉強呢？

我們明知道什麼對自己最好，卻往往下不了決心。愛一個人，你寧願自己濕了身，也要為他撐傘；不愛一個人，他淋著雨為你撐傘，你也不會感動。

你明明知道應該感動，你跟自己說：「要是能夠感動該有多好。」可你就是做不到。不愛的時候，無論他有多好，你就是不覺得感動，你心裡只有抱歉、感謝和可惜。

你終歸感動不了那個不愛你的人，那個你不愛的人也感動不了你。

我們往往不是選擇對自己最好的那個人，而是選擇愛的那個人。要是始終沒有最愛，我們也許才願意投降，才肯服氣，黯然選擇對自己最好的那個。

與所愛的人在雨中漫步，是一種人生；任由愛你的那個人在雨中默默走在你後面，又是另一種人生。

要過哪一種人生，要看你是什麼年紀。

那樣苦苦愛著一個不愛你的人，他卻連看都不看你一眼。你明明可以轉身離去，結束你所有的卑微，你卻好像戴上了腳鐐，轉不了身。直到一天，你終於死心了，才明白沒有愛就無法被感動，這時，終於轉身了，背後那個為你撐傘的人卻也許已經不在了。

哪裡會有永遠一廂情願的等待呢？不過是一時三刻放不下。

痴心也有窮途末路的一天，然後就死心了，明白這條路已經走到盡頭，走不下去了。

是有那麼一個人，你愛他，他不愛你；也有一個人，他愛你，你愛的卻是另一個人。你流著淚為誰撐傘？誰又流著淚為你撐傘？

雨下大了，風把你手裡的傘吹歪了，愛誰都會濕了胳膊，也濕了眼睛，可我們還是寧願選擇自己愛的那個人，而不是轉過身去將就。

我為什麼要轉身呢？我走出去好了。

一廂情願的愛只是一個人孤零零走的路，走累了，走到死心了，看不到一星光亮，只看到自己像個苦澀的笑話。終於，你捨得離去，然後有一天，你會遇到你愛也愛你的那個人。回家的路上，颳著風，下著雨，他拿著傘，你挨著他走。雨太大了，兩個人頭髮都濕了，也濕了一邊胳膊，眼睛裡卻依然漾著微笑。

千萬人之中，我只為你轉身。

我愛你，but……

but之前是真心話，
but之後的也是真心話，
甚至更真心。

洋人說，無論前面的話多麼動聽，but之後的才是真心話，例如，老闆誇你提出的方案很好，接著說：「但是，這樣改一下你覺得會不會更好一些？」原來，前面說的話只是給你下臺階，後面說的才是重點。

可是，愛侶之間的but，應該是例外的吧？but之前是真心話，but之後的也是真心話，甚至更真心。

我愛你，但是，你可以別吃洋蔥和大蒜嗎？吃完之後你嘴巴臭死了。

我愛你，但是，不要每次找不到自己的東西就問我把你的東西放到哪裡去了好嗎？我從沒見過好嗎？是你喜歡把東西亂丟。

我愛你，但是，你可以整齊些，不要把家裡的東西弄得亂七八糟好嗎？

我愛你，但是，當我減肥的時候，不要拿好吃的東西引誘我好嗎？請也不要跟我說吃完這頓再減肥好嗎？我覺得你不尊重我啊，我減肥的時候是很認真的。

我愛你，但是，有些夜晚我真的只想要個擁抱和陪伴，不想嘿咻。

我愛你，但是，有時我真的只想你幫我揉揉肚子和腿肚，不想嘿咻。

我愛你，但是，當我在家裡埋頭苦幹的時候，給我一點私人空間好嗎？我也很在乎我的工作呢。

我愛你，但是，有時候我也很享受自個兒在家的日子，我可以獨占我們那張床，坐在上面邊看劇邊吃東西，可以臉也不洗，牙也不刷就睡覺。

我愛你，但是，你別總是那麼慢吞吞好嗎？我長髮，你短髮，我髮量是你的一百倍，可為什麼每天早上你弄頭髮的時間都比我長？為什麼每次出門都是我穿好衣服等你呢？

我愛你，但是，你可不可以不要再穿那件條紋的外套？真的難看死了，只有你自己不知道。

我愛你，但是，我可以沒那麼愛你爸爸、你媽媽和你妹妹嗎？他們老是讓我覺得我跟你一起是撿到寶，我爸爸媽媽可不是這麼認為呢。

我愛你，但是，我沒那麼喜歡你那幾個哥兒們好嗎？我看不過眼他們老是占你便宜。你人太好了，就是這點可愛也可恨。

我愛你，但是，我覺得很重要的事，即使你不覺得，也試著附和我好嗎？你的支持對我很重要。

我愛你，但是，你陪我逛街的時候可以有點耐性嗎？別自顧自跑去看你喜歡的東西，然後要我像個瘋子似地到處去找你。

我愛你，但是，你用手機幫我拍的照片可不可以把我拍得好看些？我才沒那麼難看。

我愛你，但是，可以等我睡著了再打呼嚕嗎？到時候外面打雷也吵不醒我呢。

我愛你，但是，我有時就是很想懶散一下，不要說我懶惰，不要說我不努力，容許我偶爾這樣好嗎？我只是想休息後再出發。

我愛你，但是，不要總是用沉默來表達你的不滿和抗議，也不要用沉默來懲罰我好嗎？有時我真不知道你心裡想什麼，我也討厭你不說話。

我愛你，但是，你可不可以偶爾也跟我說你比我愛你更愛我，讓我高興一下和虛榮一下？

要是女朋友這麼問，你就這樣回答吧

兩個人一起變老不好嗎？

我才不要一個人孤零零地老掉。

女朋友總會有許多許多的問題要問男朋友，身為一個機智的男朋友，必須臨危不亂，從容回答。

「我最近是不是胖了？」

「哪裡有呢？我沒看出來。」

「你仔細看看，我兩邊臉都胖嘟嘟了。」

這時，你暗暗在心裡為她減掉一些體重，無論她看上去是胖了十斤還是十二斤，你都減掉五斤就好。

「哦，好像是胖了一點點，胖了一斤有沒有？」

「一斤？真的只有一斤嗎？」

「看上去大概就是這樣，也沒怎麼胖啊。」

「我是不是一個很自私的人？」

「誰說的？我不覺得你自私。」

「我怎麼會不自私呢？我對你都沒你對我那麼好。」

「你對我很好呀。」這句話是有一點點昧著良心說的。

「就算你真的自私，也不是你不好，自私是性格，不是缺點。何況你不是自私，你只是比較自我，自我的人有性格啊，我就是喜歡有性格的女孩子，有性格才有靈魂。」

「你太好了，以後我要對你好些，我要試著不自私。」

「嗯嗯，咱們走著瞧吧。」這句話你只能偷偷在心裡說。

「我有時是不是很討厭？」

「不是有時，是時常都很討厭。」

「你說什麼？」

「有時的確很討厭，但有時也很可愛啊。」

「我真的有那麼討厭嗎？那你為什麼可以忍受我？」

「哦，我有受虐狂嘛。」

「什麼？」

「我是有一點點受虐狂，可不是隨便每個人都可以虐待我的啊。我沒有忍受你，我是遷就你，心甘情願的。」

「那即是說我真的討厭？」

「我就是喜歡你討厭。」

「你果然是有受虐狂。」

「就是就是。」

「我是不是太愛買東西？」

「愛買東西有什麼問題？我也愛買東西。」

「可我沒看見你常常買東西。」

「哦，看到喜歡的我會買，男人跟女人不一樣嘛。」

「我覺得我太愛花錢了。」

「愛花錢才有動力去賺錢啊，況且我又不是養不起你。」

「可是，有些人會覺得女人花錢大手大腳是不好的。」

「是那些人沒錢花，所以嫉妒你吧？花錢也是一門學問啊，懂得花錢也不容易。一個人的品味是怎麼來的？就是花了很多錢學回來的。」

「嗯嗯，好像真的是這樣。那你覺得我品味不錯吧？」

「當然是很好，你和我一起就知道你品味有多好。」

「可你不是我花錢買回來的呀。」

「我有時是不是太神經質？我是不是神經病？」

「你是不是神經病我不知道，這得去找醫生鑑定，但你是有點小神經，這樣的女人才有趣，才可以每天見著也不會沉悶，才可以過一輩子啊，最害怕悶蛋了。」

「我是不是很笨？」

「你跟我一起就證明你不笨，你非常有眼光，也很聰明。」

「呸呸。」

「我是不是很聰明？」

「你沒有我聰明。」

「呸呸。」女朋友呸了兩聲，卻一點都不生氣。哪裡會有一個女人希望男朋友比她笨呢？

「我是不是很煩？」

「不煩，不煩。」

「但你說過我很煩。」

「我有嗎？難道我是吃了豹子膽？」

「你是說過我很煩。」

「可能是我當時很煩。」

「不是我煩？」

「不是，是我自尋煩惱，我就是喜歡自尋煩惱。」

「你這話什麼意思？是說我是你的煩惱嗎？」

「沒錯，只有你可以是我的煩惱。」

「那我繼續煩你好嗎？」

「我可以說不好嗎？」

「當然可以，但是後果自負。」

「我是不是老了？」

「沒有呀。」

「怎麼會沒有老呢？明明老了。」這時候，她悲傷的眼睛看著你。

「我老花，沒看出你老了。」

「你有老花了嗎？」

「我比你老啊。別忘了我永遠都比你老，所以在我眼裡你是不會變老的。」

「我們都老起來啦。」她嘆了一口氣。

「兩個人一起變老不好嗎？我才不要一個人孤零零地老掉。」

這時，女朋友已經熱淚盈眶，不會再問下去了。

給大家介紹一下，這是我男朋友

愛一個人，他不承認你，該有多苦？
那種苦，苦得讓你看不起自己。

「我們什麼時候才可以公開呢？」
「在你心中，我到底是你的什麼人？」
「你是覺得我配不起你嗎？為什麼你不肯承認我？」
以上這些話，你曾否對某人說過？然後呢？是死心了，還是默默繼續？
你愛的這個男人，從來不願意大大方方地把你帶出去，他不介紹你認識他的家人，你也沒見過他的朋友。你並不是說要拿男朋友到處炫耀，可這樣藏著的愛情是否有點卑微？你大好一個人，為什麼要受這種委屈？你自問又不是見不得人。
說是辦公室戀情不方便公開，那好吧，一開始保密對大家都是好的，萬一分手了也不會尷尬，也避免了許多閒言碎語。可是，都一起一年、兩年，甚至三年，關係算是穩定了，為什麼還要保密呢？為什麼只能夠在辦公室的走廊和電梯裡偷偷說話和交換眼神？為什麼下班後要鬼鬼祟祟跑到離辦公室大樓三條街以外的地方才可以見面和牽手？

他明明是單身，為什麼不能光明正大？他是警方的臥底嗎？

為什麼碰到認識的人他馬上就甩開你的手？

要是一個男人說愛你，卻在別人面前甩開你的手，哪怕只是一次，他所說的愛，又能夠有多深？

被他甩開手的時候，你心碎了，你真想問他：「你嫌棄我什麼呢？」

為什麼他不想別人知道他跟你一起？

別再為他找藉口了，理由很簡單，就是他心裡嫌棄你，他還想認識別人，他也沒打算永遠和你在一起。

黎明和舒淇一起的時候從來不肯承認，兩個人分手後，黎明戀上了他後來的前妻，他從一開始就大方承認這段戀情，這個對比有多強烈啊！

記者後來採訪舒淇，談到黎明，舒淇苦澀地說：「我也不知道為什麼，他就是不肯承認我。」

她現在幸福了，她對記者說的這句話，時隔多年，聽起來還是滿含淚水的。

連她都不知道為什麼，局外人又怎知道呢？

不承認，有時候也許沒有任何理由，就是不想認，自己也說不上為什麼。

愛一個人，他不承認你，該有多苦？那種苦，苦得讓你看不起自己。

你一直等，等你愛的這個男人把你帶出去給所有人看，帶回家給父母看，帶去參加同學會，給老同學看。你一直等，等他跟舊雨新知說：「給大家介紹一下，這是我女朋友。」

你一直等，等有一天，你可以微笑著跟每個認識你的人說：「給大家介紹一下，這是我男朋友。」

你一直等，等到心中卑微，等到滿腔怨恨，等到荒涼，等到死心，然後等到苦笑；是的，你笑了，這一刻，你終於明白，你等不到，也不想等了。

為什麼要等呢？你明明一開始就可以幸福一些，為什麼要等到他終於肯承認你？你好端端一個人，為什麼要期待有一天會苦盡甘來？

要是這個男人愛你，打算跟你共度餘生，不是應該會迫不及待讓全世界都知道你是他的嗎？

要是這個男人愛你，他不是會以你為榮嗎？愛裡怎會有嫌棄？又怎會想著或許以後會遇到更好的人呢？

「這是我男朋友。」這句話明明是甜的，要是長久都不能說，就變成苦的了。當可以說的時候，你已經不那麼想說了。

一個陪你歸園田居的男人

他曾陪你去舞會，
一天，他也會陪你歸園田居。

你曾渴望過哪些奢侈品？

隨便上網搜搜，總會看到一張張關於奢侈品的列表：一生中必須擁有的大衣、風衣、包包、圍巾、婚戒、手錶、鞋子……一張又一張的清單，好像窮其一生也買不完，永遠都有值得追逐的東西。

當然並不是每個女生都喜歡奢侈品，我少年時代的好朋友就是個例外。她有個做實業的富爸爸，那年頭，她媽媽給她和弟弟買的馬球衫都是Lacoste（拉科斯特）的，多少人巴不得別人都看到他們身上穿的是好東西，可他們兩姊弟偏偏千方百計把每件Lacoste馬球衫上的那個小鱷魚標記剪掉，免得太張揚。

這個出塵脫俗的女孩長大後嫁給上帝，她現在是個傳教士，熱愛吃苦，無欲無求。

有時想想，那麼善良的她才是真正富有，也是真正的貴族。什麼是貴族呢？就是不在乎。

我們這些俗人終究還是在乎的，還是愛人間煙火。既然不打算嫁給上帝，上帝也沒要我，那麼，一個女人喜歡買東西，尤其喜歡漂亮的好東西，這點小虛榮也是可以原諒的吧？

我有個老朋友，高中畢業之後到了東京謀生，那時她的日語說得不好，只能在餐館裡當黑工，生活很苦。等她終於把日語說得像母語一樣好，在一家小公司當了幾年白領之後，她又跑到巴黎去打工。

那年頭，日本經濟起飛，日本人都蜂擁到歐洲買大品牌，巴黎ＬＶ（路易威登）店外面每天排著長長的人龍。她因為會說日語，機會也來了，有日本小店找她做代購，賺的錢足夠她在巴黎吃得飽穿得暖。每天早上，ＬＶ店一開門，她就拿著一大捆現金衝進去買包包，店員看出她是代購，從來沒少給她臉色看，常常故意把她晾在一邊，先服務其他客人，最後才輪到她。

後來，她有錢了。那天，她幾乎是大搖大擺地走進以前常去替人買貨的那家ＬＶ店，買了她人生中第一個ＬＶ包包，也是她買過最貴的一個包包。刷卡付錢的那一刻，她簡直有一種快意恩仇、一雪前恥的巨大滿足感。

可是，那個包包沒多久就被她擱在一旁。如今，她買得起很多大品牌，她常常用的卻是一個便宜的帆布袋，她更情願花錢去旅行。

有些東西，當你擁有過，原來不外如是。後來的一天，你做的工作、你過著的生活和你談著的戀愛，都不需要這些點綴，有是可以的，沒有也可以。

一生中必須擁有的大衣、風衣、包包、圍巾、婚戒、手錶、鞋子……清單上的這些東西，你曾是那樣渴望，幾乎是天人交戰。當你得到，寵幸了一段日子，後來要不是有了新歡忘了舊愛，就是覺得它沒有你想像的好，或者是你再也不需要擁有它來證明些什麼。

多年前讀過一篇法國著名時裝設計師的專訪，記者問她喜歡男人穿什麼，她說，她喜歡男人穿得像沒落貴族。

一個沒落貴族需要多少年的歷練，然後窮得只剩品味？那也是時間的沉澱。真正的貴族心中不會有一張又一張必須擁有的好東西的清單，他活得隨意，美好的東西在他看來也是理所當然的；美好的，不見得都是貴的。

你可能不是生而富貴，但你可以慢慢活得像個真正的貴族，你可以學會不在乎。

愛情不也是如此嗎？有一天，你會洗盡鉛華，明白世上最幸福的一種生活不是擁有那個一生必須擁有的大衣排行榜上所有的大衣，也不是喝最貴的酒，而是誰陪你喝酒，誰在冬夜裡給你溫暖。

你愛著的這個男人可能不知道一九九〇年的Petrus（柏圖斯）賣多少錢，他也沒喝過Romanée-Conti（羅曼尼—康帝），但他了解人生，他聰明睿智，他善良正派，他有趣。

無論你曾咬著牙買過多少大品牌，他才是你最好的大品牌，他也總是願意忍著痛伸出手臂給你咬一口。他曾陪你去舞會，一天，他也會陪你歸園田居。

人生最大的奢侈原來是那個始終愛著你，能夠陪你過尋常日子的人。

我們一起變老吧

每個人都難逃一老，
甚至不一定能夠優雅地老去，
但是，你至少可以用智慧去接受老去這事。

有一天，我的理髮師好友有感而發，跟我說：「人還是不要長得太漂亮，太漂亮的話，一旦老了，對比也就特別強烈，怎麼看都跟以前相差很遠。」

他說的是他一個朋友，一個很帥的男人，他告訴我：「他年輕時可帥了。」其實這個男人而今也不過四十出頭，一看就是個大帥哥。我沒見過他年輕時的模樣，不知道他是不是曾經帥到傾國傾城。

人總會老的吧？誰能不老呢？

前幾天在網上找資料，無意中看到一期《魯豫有約》，陳魯豫在香港訪問關之琳。關之琳說：「我覺得自己現在已經不好看了。」聽她這麼說，突然覺得有點感慨。在我們看來，她還是那麼美啊，歲月終究是厚待她的。可是，大美人對自己的要求總是嚴格些，曾經那麼美，美到炫目，後來的一天，有些年紀了，世人看著還是覺得美，自己卻不以為然。

美魔女或者凍齡美女這一類的形容詞，常常讓我覺得很彆扭，就像從十八歲到八十歲的女藝人都叫ＢＢ（寶貝）一樣，聽著難道不會全身起雞皮疙瘩嗎？做了很多微整形，甚至動過刀，穿的衣服跟年齡完全不符合，也能叫美魔女和凍齡美女嗎？

關之琳的坦率和自然，讓你見識到什麼是品味。

每個人都難逃一老，甚至不一定能夠優雅地老去，但是，你至少可以用智慧去接受老去這事。

不要總是修圖時把自己修成蠟像，不要再撒謊說自己什麼都沒做過，就是天生凍齡，就是長得這麼年輕。人若無法接受真實的自己，怎麼可能有智慧呢？

人都愛美，尤其是女人，修一下圖，穿年輕點，人之常情。一旦太過分了，走火入魔了，就會變得庸俗。有些美女無法接受自己老去，跑去整容，結果加倍地又醜又老，卻回不去了。這世上，只有她自己以為變年輕變美了。

不是只有美人才會遲暮，我們每個人不都走在老去的路上嗎？如何老去，是每個人都要學習的功課。

我們為什麼愛上某個人？因為當我遇到這個人，我想和他一起老去。但凡我不想和他一起變老的，都不是愛。

當你老了，他也老了，脫下衣服時，看到的不再是彼此當年年輕的肉體，而是小肚子、皺紋、鬆弛的皮膚和贅肉，你突然發現，你愛的人真的老了，他再也不可能把你放到背上，甚至沒有力氣把你抱起來轉圈圈，但你依然會覺得幸福。

我見過你最好的模樣，但我更期待和你一起漸漸變老。

因為有你，我雖然老了，卻依然可以做個永遠的女孩。不是什麼美魔女，也不是什麼凍齡美女，誰稀罕這些？我只想做一個真實的、有血有肉的、自由和有愛的女人。

喜歡你，就想欺負你

有些人告白的方式是欺負你。

喜歡一個人，是否就會想欺負他，甚至千方百計找他麻煩？

喜歡一個人，有千百種表白的方式，有些人直接說：「可以和我在一起嗎？」另一些人沒那麼勇敢，只是拐彎抹角表達好感，找機會親近你，找話題跟你聊天，無論你想去哪裡、想做些什麼，他都願意馬上扔下手裡的工作陪你去做。要是這樣你還看不出他喜歡你，你就太笨了。

可是，有些人告白的方式是欺負你。

他會拿你來開玩笑，會取笑你，會跟你說：「咱倆哥兒們啊？」

別的人他不會去欺負，他專門找你欺負，你是可以欺負的，而且只被他欺負。你明明不矮小，他偏偏喊你小矮人；你明明長得不難看，他偏偏說你長得很奇怪；你明明自問不笨，他偏偏喜歡喊你傻瓜。他就是喜歡作弄你，可是，他也喜歡找你玩。

你需要的時候，他總會在你周圍；把你欺負哭了，他會不知所措。曾經有這麼一個人嗎？你習慣了被他欺負，也只肯被他欺負。他欺負了你，還得意揚揚地說：「我就是來欺負你的。」可是，他也會保護你，他不許別人欺負你。

那個欺負你的人，原來一直用這麼迂迴的方式在跟你表白。要是有一天，你被他氣哭了，他馬上就心軟。

有個男生跟我說，國中的時候，他喜歡學校裡一個女同學，她跟他不是同一個班級的，每次休息，他會跑去女孩的教室，踮起腳在窗外偷偷看她。

終於有一天，被她發現了，女孩走到窗邊，抿嘴看著他，問他：「你找誰呢？」

他嚇壞了，硬著頭皮說：「我沒找誰。」

「那你為什麼天天來？」女孩又問他。

「這個跟你沒關係。」他說。

聽到這麼無情的回答，女孩的眼睛突然紅了，一副很想哭的樣子，他驚得落荒而逃，再也不敢偷偷去看她。

後來有一天，他在學校裡碰到這個女孩，他拚命裝冷漠，裝作沒有特別注意她，沒想到，她卻走上來，喊他名字，問他：「你有兩百塊嗎？借我。」

他乖乖把錢給她。她笑了，拿到錢就走。

以後每次在學校裡見到他，女孩都會微笑著在他身邊走過，說：「錢我會還你。」

他點點頭，心裡想：「我不需要你還錢呢。」

然後有一天，他放學的時候，發現女孩在學校外面等他。她拿著兩百塊錢，塞到他手裡說：「錢還你。」

他傻傻地把錢塞進褲兜裡。

女孩說：「有一齣戲我很想看，你陪我去吧。」

他使勁地點頭。

後來他們兩個在一起，女孩告訴他，她從來就沒有問人借過錢，那天問他借錢，是害怕他以後再也不會到課室外偷偷看她，要是再也見不到他，怎麼辦呢？問他借錢，是欺負他，也是找他麻煩，找個藉口和他開始。

她是兵行險招，沒想到這個傻乎乎的男生竟然真的把錢借給她。

喜歡一個人的時候，你找我欺負，我找你麻煩，我和你是如此這般地告白，後來分開了，你再也不會欺負我，當我有麻煩，你卻也是我最不想找的人。

什麼男人適合結婚？

你以為他相信婚姻嗎？
他相信的只是陪伴，
只是習慣。

這麼多年來，無數的人批評婚姻制度，可是，還是有無數的人奔向婚姻。婚姻有什麼不好，我們都知道了。即便你從未結過婚，看著你整天吵架的父母，你都能夠說出一百個婚姻沒什麼好的理由；然而，明明自己的婚姻毫不美滿，這樣的父母還是會催促自己的孩子結婚。

人生的荒謬莫過於此吧？已經清楚看到婚姻的百孔千瘡，一百次想過離婚，最後沒有離，住在同一屋簷下，互不理睬了，卻認為孩子無論如何也是要結婚的。自己的婚姻不愉快，憑什麼認為兒女的婚姻會不一樣？

什麼人適合結婚，什麼人不適合結婚？誰又知道呢？

你喜歡孩子，喜歡家庭生活，喜歡照顧別人或者被人照顧，這樣的你，也許是適合婚姻的。

你討厭和別人一起生活，你喜歡一個人睡覺，你不需要別人照顧，你也不願意照顧別人，這樣的你，也許是不需要結婚的。

前天看了一個名導演的訪問，今年已經六十多歲的他，依然單身。年輕時的他，長得好看，才華橫溢，有名氣又有錢，女朋友一個接一個。如今他承認，他不懂愛，他從來不會很愛一個人，他連家人也不怎麼愛，他眼中只有工作，跟任何人的關係都很疏離。他很風流，年輕時經常帶不同的女人回家過夜，然而，第二天一覺醒來，發現昨晚那個女人還睡在他身邊，他會受不了。

這麼多年了，他一直是個單身主義者，他不需要任何人。

這樣的人，不結婚是好的，誰嫁給他誰就是自尋短見。

有些人的確是不需要婚姻的，他可以自給自足，他甚至不需要愛。

愛是什麼啊？至少是需要陪伴，需要付出的。

要是你身邊有些結過兩次或者三次婚的男人，你會很唏噓地發現一件事情。他第一次結婚的時候很年輕，娶的是他大學同學，年紀和他相若。他是個很優秀的男人，他的妻子和他同樣優秀，甚至旗鼓相當，她是他的靈魂伴侶。

然而，這段婚姻終究無法長久，女人太優秀了，她有自己的事業，有自己的想法，她不甘於留在家裡。她不會盲目地崇拜她的丈夫，當他得意揚揚的時候，她會直接指出他的錯誤。男人怎麼受得了呢？這兩個人是注定不能夠一起走下去的。

許多年後，當他再婚，他娶的是一個比他年輕很多的女人，這個女人無論學識和聰敏都無法跟他相比，她崇拜他、仰慕他、愛他，心甘情願侍候他。

百轉千迴，男人要的不過就是這樣的女人吧。

他要的是陪伴。什麼是陪伴？你把最多的時間給他，你全心全意地奉獻，他是你生活的全部，也是你人生的全部。

你可能不是他此生最愛的女人，但是，他被你感動了，從來就沒有一個女人像你這樣，永遠把他放在你前面，一切以他為先。他用什麼回報你？他給你很多的錢、時間、感激和疼愛。

你是陪他度餘生的那個人。

我見過太多這樣的男人了，愈是出色的男人愈是這樣。千帆過盡，女人他已經見過太多了，漂亮的、聰慧的、有本事的、可愛的……可是，這些女人都無法和他終老。

你以為他相信婚姻嗎？他相信的只是陪伴，只是習慣。他是需要婚姻的，因為他比許多女人更害怕孤獨終老。

男人什麼時候才會長大？

他想要自由，卻不想負責任；
他想撒嬌，卻更想撒野。

很久以前，曾經有位先生跟我說：「要是你以為男人會長大，那你就是還沒長大。」

男人真的不會長大嗎？那麼，女人什麼時候才不會被氣死？

不長大，可是，卻會老去，男人難道是從小孩直接跳到老人的嗎？男人有各種不長大的藉口，但是，我也想說，女人又何嘗想長大？說真的，我們也不想長大。長大有什麼好？那麼多的責任，那麼多的工作，而且，長大了就會老。

不想長大的人愈來愈多。從前，人們大學畢業之後巴不得馬上投身社會，工作、賺錢、追逐理想、認識這世界。而今，畢業之後不想離開學校的人多的是。只要賴著不走就好，轉一個系，然後又轉一個系。生物系畢業，再去讀考古學，考古學畢業，再去讀藝術，讀碩士，讀博士，什麼都好，總之要千方百計留在大學裡，一直讀書，不要畢業，反正學費是父母給的。

留在學校就永遠是學生，不用長大；一旦離開學校，就得自力更生，到時候多累啊。

從前我們都想長大，都急著長大，偷偷穿媽媽的高跟鞋，偷偷擦媽媽的口紅，幻想著明天一覺醒來就已經是大人，從八歲一下子變成十八歲，終於不受管束，可以穿大人的衣服，做自己喜歡的事。

真的長大了，才又發現長大不一定那麼好。明明老了，卻不願意承認，依然把自己當成小女孩，那是會被人嘲笑的。明明老了，還要撒嬌，會讓人受不了。明明老了，傷心和氣憤的時候哭了起來，會被取笑這麼老了還哭，自己都覺得不好意思；而其實，所謂老了，只是過了三十歲。

還是男人懂得偽裝，他們穿上大人的衣服，假扮成大人的樣子出來混，讓你以為他真的長大了。

直到一天，你愛上了他，和他一起生活，你才漸漸發現，他心中有個老小孩，一直在那兒，從沒長高，從沒變大。

他想要自由，卻不想負責任；他想撒嬌，卻更想撒野。他東西隨處亂放，找不到就問你把他的東西放到哪兒去了。

他不高興就給你臉色看，他心情不好就躲進自己的洞穴裡不理你，你喊他吃飯，他說他自己吃。

他有自己的玩具，他生氣了就不跟你玩，他也不喜歡你抱怨他花錢買那麼多的玩具。

他極其頑皮，三心二意，從來都把你的話當作耳邊風。

他做錯了事只會很無辜地望著你，等著你一次又一次原諒他。

他喜歡找其他女孩子玩，他埋怨你這人太認真……

你以為你愛上的是一個男人，驀然回首，你才驚覺，你愛上的是個老小孩，假如你忍心丟下他不管，他就會變成棄嬰。

於是，本來也不想長大、本來也想永遠做個大女孩的你，被逼著長大。

遇到一個長不大的男人，你開始懷疑，他會不會是你前世曾經鍾愛過、後來玩厭了，不再喜歡玩的一件玩具，這一世投胎做人，找你報復。

你罵他不長大，他反過來問你：「人為什麼要長大？」

是啊，人為什麼要長大？不長大多好啊，那就不會遇上一個長不大的男人，那就不用帶小孩。

他是人間煙火，他是細水長流

再怎麼不平凡的人，也有小日子要過，粗茶淡飯、家常小菜。

剝蝦殼也好，剝螃蟹殼也好，這些事，男女之間，誰喜歡做、誰更擅長就誰做吧。

我有個女朋友，她真的是很喜歡剝螃蟹殼，也剝得很好。大家一起吃螃蟹的時候，她不但幫她老公剝殼，也幫朋友剝。我要是和她一起吃螃蟹，我都讓她幫我剝殼。誰喜歡就誰做吧，做得高興就好，有些事，真的跟愛情無關。

我很愛吃蝦，也不介意剝蝦殼，剝蝦殼還不容易嗎？剝給對方我也願意，兩個人吃飯，互相餵一口，你夾菜給我，或者我夾菜給你，這是恩愛啊，不一定只能夠是其中一個人做。當然，不是所有蝦殼都是那麼容易剝的，小龍蝦和皮皮蝦的殼就不好剝，我也不喜歡剝。

有個每次吃蝦都幫你剝蝦殼的男人當然是幸福的，但是，愛情並不只有餐桌，那個幫你剝蝦殼的男人也是你欣賞的男人嗎？他也和你一起進步嗎？他聰明嗎？他善良嗎？他對你好嗎？

女人要的不是一個只會侍候你的男人，我們為之感動的不是他為我剝蝦殼，或者他夾菜給我吃，而是他日理萬機還是那麼疼愛我。如果那個男人什麼也不做，只是天天侍候你吃飯，你可能又不喜歡他了。

我認識一位老先生和他太太，幾十年了，太太吃飯的時候幾乎是從來不動手的，先生都把菜夾到她碗裡，她只要負責吃就好。她是那麼嬌縱，直到一天，先生生病了，再也不能陪在她身邊，更別說夾菜給她吃了。她從此不吃飯了嗎？當然不會啊。當她懂得珍惜，當她想夾菜給先生吃，他已經沒法吃了。

可以夾菜給對方吃，也是幸福的。

我寫過一本書——《幸福魚面頰》，說的是一尾蒸魚的兩邊面頰是魚身上最嫩滑，也最好吃的肉。以前我不懂，直到有個人每次吃魚都夾給我吃，我才知道這部分原來是最好吃的，此後都歸我。

我小時完全不愛吃魚，最愛吃蝦和螃蟹，愛上吃魚，是因為遇到一個愛吃魚的人。他不但把魚面頰都留給我，魚下巴的那塊肉也是我的，就跟面頰一樣好吃。年少不愛吃魚，後來愛上了，是因為一個人。

你愛一個人，總想把最好的給他，吃到好吃的，你都想留給他，你都想分他一口。

要知道自己愛不愛一個人，還不簡單嗎？吃到好吃的東西，你會不會自己捨不得吃，想要留給他？

如果不會，那就是不愛。

如果他竟然那麼自私，吃到好吃的不留給我，我肯定會傷心。愛並不僅僅是分甘同味，也是願意付出。最好的一塊肉，你留給他；美味的冰淇淋，你想讓他多吃幾口；最後一顆巧克力，你會留給他。為了給他買好吃的、他喜歡吃的東西，你甚至願意跑很遠的路，只為看到他幸福的微笑。

那麼多年來，每次吃雞，他都把雞腿和雞翅夾到你碗裡，自己吃其他部位的肉。你理所當然地以為他不是特別愛吃雞腿和雞翅，直到一天，吃雞的時候，你偶然問起他最喜歡吃一隻雞的哪一個部分，他回答說：

「雞腿啊。」

「還有呢？」你問。

「雞翅啊。」他說。

那一刻，你看著這個男人，說不出地感動，這些年來，你多傻啊，竟以為他喜歡吃的是雞胸和雞背，沒想過他其實和你一樣愛吃雞腿和雞翅，他只是每次都讓給你吃。

愛情哪裡有那麼多的大山大水呢？現實生活怎麼可能每天波瀾壯闊呢？再怎麼不平凡的人，也有小日子要過，粗茶淡飯、家常小菜。他是人間煙火，他是細水長流，請好好珍惜那個每次都把最好吃的那塊肉夾給你吃的人。

十句「你不愛我了」，十句都是款款深情

所有鬧著玩的情話，其實都是款款深情。

「你不愛我了。」這句話你什麼時候說過？是鬧著玩的還是哭著說的？

願你這麼說的時候都是鬧著玩的。

與其問：「你愛我嗎？」我寧可說：「你不愛我了。」

不肯為我當跑腿，你不愛我了。

不肯幫我揉揉痠痛的腿肚，你不愛我了。

不肯陪我去跑步，你不愛我了。

不肯伸出手臂讓我咬一口，你不愛我了。

今天晚上約了朋友，不能陪我吃飯，你不愛我了。

沒有留心聽我說話，你不愛我了。

問你我今天好看嗎，你竟然故意翻白眼，啊，你不愛我了。

這麼晚了，叫你上床睡覺，你說：「你先睡吧。」你不愛我了。

只顧著看足球比賽不理我，你不愛我了。
說我做的菜不好吃，不肯全部吃光，你不愛我了。
我是寧可說一百句「你不愛我了」，也不願意說一句：「你是不是不愛我了？」

人生的悲苦，有時候，還不是自己討來的嗎？
什麼時候你會問他「你是不是不愛我了」？那當然是你覺得他不愛你的時候。他愛上了別人，你淒涼地問：「你是不是不愛我了？」你希望聽到的是什麼答案？是「我愛你」還是「我不愛你了」？自討沒趣的事情，何必要做呢？
心碎的時候，我可不願意說「你是不是不愛我了」。我會選擇沉默。沒什麼可以說了，再多的強求也只顯出我的卑微。他要是愛你，當你沉默，他會心痛；他要是愛你，根本不會捨得你傷心。
我是寧可說「我愛你」，也不要問「你愛我嗎？」。
從前不肯說這三個字，明明愛，也會藏在心底，等你先說愛我，害怕要是我先說了你就不稀罕；可是，當一個人經歷了那麼多之後，不幼稚了，才明白要是能夠說一句「我愛你」是多麼快樂。喜歡的時候就說吧，誰知道以後是不是也有機會說？
想說「我愛你」的時候就說吧，我的愛無須隱瞞，只想你知道，只想你聽到覺得幸福。

覺得幸福的時候就把「我愛你」說出來吧，這是一個戀愛中的女人的由衷之言。

珍惜眼前人的時候，就大膽說「我愛你」吧，沒有什麼面子不面子的，首先說這句話的人不是輸家，倒是贏家。我愛你愛到說出口，這三個字是我先說的，是我先把你占住的。

早上起來看到他，那一刻，覺得他很可愛，比平日更可愛、更好看，那就說「我愛你」吧，讓他知道他是可愛的，讓他知道有個人這樣愛著他，這是愛情的禮讚，為什麼要吝嗇呢？

小小地欺負了他，那就親他一口，笑著說：「我愛你。」他聽著，雖然嘴上說「沒用」，但他心裡是甜的。

看著他快要被你氣死的時候，出其不意，厚著臉皮說一聲「我愛你」。這也許是他聽過最無賴的一句「我愛你」。

所有鬧著玩的情話，其實都是款款深情。「我愛你。」「你不愛我了。」若有永遠，這兩句話，我願對你一直說到永遠。

老公不上班

當你愛一個人，你希望他的人生是有意義的，只有快樂是不夠的，只會賺錢也是沒意義的。

李安成名前在家裡待了六年，老婆上班賺錢，他負責在家做飯、帶孩子。後來他成名了，苦盡甘來的不單是他，也是他老婆。那一年，李安憑《臥虎藏龍》拿到奧斯卡獎，記者訪問他老婆，他老婆是個非常強勢也坦白的女人，她說，李安失業在家做飯的那六年，她不是沒有懷疑過，不是沒有動搖過，可最後她還是咬著牙熬下去。既然選擇了這個男人，就繼續相信他吧。

當記者問她，李安成名了，生活和以前有什麼不同，她也答得很可愛，她說：「他啊，他還是照舊要去買菜做飯。」

李安太太是幸運的，她等到了。我聽過太多故事，愛才又有本事的女人一直供養著她那個懷才不遇的導演老公，她深信他終有一天會吐氣揚眉，終於等到這一天了，他成了大導演，她是那個慧眼識英雄的賢妻，可他卻愛上了一起拍戲的年輕又美麗的女演員。

到底要不要養老公，真是千古艱難啊。

你不養他，他滅亡了；你養他，等他成功了，他愛的是另一個女人，你等於幫著另一個女人養老公。

李安是個好男人。《臥虎藏龍》的監製告訴我一件小事。那一年，李安的《飲食男女》大賣，也拿了獎，電影公司邀請他回臺灣領獎。有天晚上，電影公司請李安吃飯，菜很豐盛，席上還有魚翅，可是，吃到魚翅的時候，李安忍不住跑出去哭了。監製追著出去問他怎麼了，李安淚汪汪地說：「我老婆和孩子都沒吃過魚翅，我太對不起他們了。」

可惜，並不是每個男人都這麼好，也並不是每個男人都是李安，都能熬出頭，都那麼有才華。我認識一個導演，他老婆養了他十幾年，看情況還得一直養下去。幸好，他這人就是命好，遇到的每個女人都很會賺錢，都養得起他，也都由衷地崇拜他，真心相信他只是運氣不好，沒遇上一個好劇本。

我常常說，導演啊，必須娶個有錢的老婆，那才可以一心一意追求藝術；藝術家總是要供養的。

我們很能接受女人結婚後不工作，讓老公養；可是，一旦反過來，老公不上班，老婆去工作，卻不是每個人都能接受。有一次，我坐朋友兩夫妻的車，一路上，老婆同一句話說了三遍，她說：「人還是要工作的呀。」這句話當然不是說給我聽，是說給她老公聽。她老公已經大半年沒去工作了。這個男人的問題是，他根本不喜歡上班，他也沒有動力去找工作。他老婆很會賺錢，他不工作也不會沒飯吃，不會沒有地方住，那他為什麼要工作呢？

還是我另一個朋友豁達些，兩夫妻商量過，既然老婆賺錢比老公多，那不如老公留在家裡帶孩子。

夫妻本是一體，誰花誰的錢也無所謂。可是，當老公不上班，女人總是覺得沒安全感，也沒面子。

不上班的老公，有一些是像當年的李安，是在掙扎，是在等機會，他自己都急死了；有一些老公，是根本不想上班，他討厭為生活營役，他也懶惰；有一些老公，樂於被老婆養著；當然，還有一些老公，他家裡太有錢了，他這輩子都沒怎麼正經做過事，你問他為什麼不工作，他也許會問你：「人為什麼要工作？」

是啊，人為什麼要工作呢？我們覺得老公工作賺錢是那麼理所當然，因為我們相信男人因為事業而有意義，並不是因為事業而有價值。

當你愛一個人，你希望他的人生是有意義的，只有快樂是不夠的，只會賺錢也是沒意義的。

Chapter 2

我們都是孤獨症患者

這個男人為什麼不能給你安全感？

女人想要安全感，
就好像她想要一片永遠屬於她的土地。

吵架，分手，復合，然後又吵架，分手，又復合，心裡還是愛他的，是捨不得的，他也答應會改，可這個男人就是給不了你安全感，還要繼續下去嗎？

你想要的安全感是什麼？假若你說不出自己想要什麼，別人又怎麼給你呢？

男人永遠不會真的了解女人，不會明白她在一段感情裡是多麼需要安全感。在男人的字典裡，幾乎是沒有安全感這三個字的，他用自己喜歡的方式生活，用自己認為對的方式去愛一個女人，把他認為最好的都給她。直到一天，這個女人要離開他，說他給不了她安全感，他才發現，原來他是個給不了女人安全感的男人。

那是因為他不踏實嗎？是因為他不努力嗎？是他沒有事業嗎？是他不成熟、不肯長大嗎？是他不會賺錢？他情緒化？他太多夢想？他沒主見？他不專一？還是他太吊兒郎當？

可是，即使一個男人很努力，也對你很專一，你也許還是會覺得他給不了你安全感。

安全感到底是什麼？這麼多年以後，我漸漸明白，安全感是一種感覺，你覺得有就是有，覺得沒有就是沒有。有的人即使擁有很多還是沒有安全感，有的人一無所有卻依然很有安全感。

你愛一個人，就會覺得他有安全感；不愛了，就覺得你想要的那份安全感是他給不了的；即使他答應會改，你也是不相信的。

這個人就是讓你沒有安全感，你絕望了。可是，你走了之後，還是會有其他女人愛上他，然後像你一樣，蹉跎了歲月，終於因為他給不了安全感而離開，卻也有些女人不介意他給不了她安全感，甚至覺得他讓她很有安全感。

安全感好像是很實在的一樣東西，卻也很虛無。

男人說不出什麼是安全感，他們也不明白女人為什麼那麼缺乏安全感。你以為男人不想成為一座可以依靠的大山嗎？他想的，那多威風啊，只是他做不到，他就是做不到。

女人其實也說不出什麼是安全感，是錢嗎？是愛嗎？這些難道不會失去嗎？他明明那麼愛你，為什麼你不選擇他而選擇另一個人呢？因為他給不了你安全感，另一個男人卻可以。

人為什麼那麼缺乏安全感？因為我們的心是殘缺的。

女人想要安全感，就好像她想要一片永遠屬於她的土地。她明明想要追逐天上那顆閃亮的星星，卻也想帶上腳下的那片土地，那麼，當她後悔的時候就可以回頭，她也不用害怕會摔下來。

這有多矛盾也多貪婪啊！世間哪裡有雙全法呢？

你愛著的這個男人到底是給不了你想要的安全感，還是給不了你想要的生活？要是他兩樣都給不了，你還會愛他嗎？

愛或者不愛一個人，你難道不清楚嗎？當你安靜下來聆聽自己的內心，你是知道的，只是你不一定願意承認那個答案。

每次看到他，你還是會微笑嗎？你會想他嗎？你想挨著他嗎？你想摸摸他的臉、弄亂他的頭髮嗎？抑或覺得無所謂了。

當他說愛你，你是會甜到心都軟了，還是只覺得心中一片荒涼？

有些愛情會成為習慣，有些卻成不了習慣，終歸要散場。

愛情能夠成為習慣是幸福的，成不了習慣，也就只能分開，我和你，從今以後，再去習慣另一個人吧。

這個男人為什麼不能給你安全感？那不是他的錯，而是你心裡有太多的傷痕。

沒有人可以給你絕對的安全感，安全感是你自己的，即使有個男人滿足了你所有的要求，假使你的內心是有缺憾的，你還是會覺得沒有安全感。人的一生，就是努力去修補自己的內心，從破碎到完整；又或許，從破碎到沒那麼破碎。

要如何把握愛情那個分寸？

那些愛自己勝過愛愛情的人，也許是最幸福的。他們不會在乎一個人在乎到軟弱和慌張，甚至荒涼。

他對她百般遷就，她對他卻是忽冷忽熱。他愛愛情勝過愛自己，他愛的那個人卻更愛自己。有時他很沮喪，他是不是太在乎她？在乎到誠惶誠恐，在乎到卑微，在乎到瞧不起自己。可他就是沒法不在乎。

兩個人一起，要如何把握愛情那個分寸？怎麼才能夠永遠甜蜜？

誰說愛情總是甜蜜的呢？它也有苦澀和酸楚的時候，它也有很辣和很嗆的時刻，它甚至會有淡然無味的一天。人生百味，在愛情裡何嘗不一樣？只要愛上了，歡笑和眼淚總是輪番上場。

一個愛情至上的女人和一個愛情至上的男人，得到的待遇終究是不一樣的。

一個女人，愛愛情勝過愛自己，沒有人會責怪她，這就是女人啊。身邊的人頂多擔心她太沉迷戀愛，她卻也許會遇到一個疼她的男人。可是，生而為一個愛愛情勝過愛自己的男人，注定是要吃苦的。

這樣的男人，往往無法給女人安全感。他太柔情了，他花太多時間在女朋友身上了，這樣的男人有時會讓女人害怕，害怕他太黏人，太痴心，害怕他耽誤了事業，變得一事無成。

那些愛事業勝過愛愛情的男人，反倒是迷倒很多女人。她嘴裡說他太愛他的工作，抱怨他沒時間陪她，可她心裡卻欣賞他為事業努力，也渴望他事業有成。

男女大不同，在這個節骨眼上，是永遠不會公平的。

那些愛自己勝過愛愛情的人，也許是最幸福的。他們不會在乎一個人在乎到軟弱和慌張，甚至荒涼。

他們太愛自己了，除了自己，其他都可以失去，都可以不在乎。

誰在乎誰就輸了。只有當你不那麼愛一個人，你才會對他忽冷忽熱。因為你知道，即使這樣，他還是會愛你。

當你愛一個人，心裡也許有起伏，感情也可能要走過高高低低的路，今天很愛他，明天沒那麼愛了，後天又比前兩天更愛一些。可你不會忽冷忽熱，你不會捨得冷落你愛的那個人，你雖然不會每天摟著他親，但你也不會每天踹他一腳。

如何把握愛情那個分寸？即使有人告訴你，你也許還是很難做到。愛情不會時時刻刻都是甜的，它不是一顆糖，不是櫻桃果醬，也不是馬卡龍，每一口都是甜的。它有時甜到讓你眼睛也微笑，有時卻把你酸哭了；它有時是苦艾酒，太苦了，你流著淚喝完。

如何把握愛情那個分寸，才不會在乎對方在乎到卑微，也不會讓對方覺得承受不了，即使道理都知道，一時三刻你也許還是很難做到。

人很難改變自己，只有當你遇到一個人，他正好喜歡這樣的你，你也就不需要改變，不需要因為把握不好那個分寸而覺得感傷和害怕失去。終日使你誠惶誠恐的，哪裡是愛呢？

誰說愛情有個分寸可以把握呢？它本來就是沒有法度的東西，它像水一樣，是流動的，總是在變的，這一刻甜如蜜糖，下一刻肝膽俱裂，愛得死去活來，甚至無法無天，根本就無所謂法度。

假如愛情真的有一個分寸，就是有個人用愛來度你，你也用愛來度他。這一生，誰為你擺渡？是你愛的那個人。

曾經愛愛情勝過愛自己，吃了太多苦，才終於學會了，愛愛情，也要愛自己。度己度人，愛就是讓彼此成就最好的自我。假使失去了自我，你的愛也是殘缺的。

當他說他不喜歡你，十二個回答

而你，是送了他一枚獎章的那個人，
他這一生，怎麼可能忘記你呢？

你喜歡一個人喜歡很久了，這天終於鼓起勇氣向他表白，可他卻說：

「我其實沒那麼好。」
「我覺得我不適合你。」
「對不起，我有喜歡的人了。」
「別玩好嗎？」
「別胡說。」
「別發神經，喜歡我幹嘛呢？去！去找別人！」
「我現在不想談戀愛。」
「我覺得我們還是做朋友比較好。」
「我一直都把你當作我的兄弟。」

「我不喜歡你。」

「你那麼好，將來肯定會遇到喜歡你的人。」

又或者，他什麼也沒說，一直沉默。

無論他說什麼或者一句話也不說，意思只有一個，就是「抱歉，我不喜歡你」。

那你該說什麼呢？總不能哇哇大哭吧？總得優雅地說聲再見，退後，退後，再退後，然後獨自回去。

他說：「我其實沒那麼好。」

那你就說：「這我也知道，我本來想著，和我一起之後，你會變好。」

這下他肯定啞口無言了吧？

他說：「我覺得我不適合你。」

那你就說：「我也是這麼覺得，不過我只是試試，你這麼說，我就更確定你是不適合我的了。」

這一招雖然是慘勝，卻也是反敗為勝。

他說：「對不起，我有喜歡的人了。」

你微笑看向他，說：「太好了，我也有喜歡的人。」

說這話的時候別哭，只希望他不笨，能在兩秒之內明白你話裡的意思。

他是個好人，不想傷害你，笑著跟你說：「別玩好嗎？」

他人那麼好，那你就厚著臉皮再說一遍：「沒玩，我是認真的。」

可他繼續裝傻，對你微笑說：「都說了別玩。」

到了這一步，你也就只能裝笑：「哎，不跟你玩了，想騙你還真不容易。」

他說：「別胡說。」

你笑嘻嘻地回答：「我就是胡說一下，看看你什麼反應，果然厲害喲，沒中計。」

他說：「別發神經，喜歡我幹嘛呢？去！去找別人！」

哪裡還有別人呢？可是，他都這麼說了，你只好說：「哎，好像真的是有點神經不正常，好，好，我現在就去找別人，你別留我。」

他說：「我現在不想談戀愛。」

你說：「哦，好，那我改天再跟你談。」

說完轉身就跑吧。

他說：「我覺得我們還是做朋友比較好。」

你馬上堆出一張如釋重負的笑臉，說：「對呀！朋友才可以天長地久，朋友才可以一輩子，一起了，說不定我很快就不喜歡你了。」

他說：「我一直都把你當作我的兄弟。」

你回答：「好！那你以後就是我的閨密了。」

這麼說的時候要微笑，要像個哥兒們，別哭出來。

要是你覺得這麼說有點煽情，也可以發揮一下你的幽默感，對他說：

「說好了啊，從今以後我們倆就是鐵桿兄弟，誰也不離開誰，肝膽相照，生死相許，同喝一杯酒，同吃一碗飯，同睡一張床。」

他說：「我不喜歡你。」

你訕訕地說：「你這麼直白，我也不喜歡你了。」

他說：「你那麼好，將來肯定會遇到喜歡你的人。」

你點點頭說：「嗯，會遇到的，我就是害怕到時候我不喜歡你了，所以我先跟你說。」

你也可以說：「嗯，他本來在來的路上，遇到你之後，我已經馬上叫他滾回去了。」

他什麼也沒說，一直沉默。

與其等他開口說出什麼讓你傷心的話，你不如搶先說：

「你用不著現在就回答我，我的這份喜歡是沒有賞味期限的。」

聽到你這麼說，他無論如何也會有一點感動吧？假使他竟然無動於衷，這個人也不值得你愛。

當你喜歡的那個人說他不喜歡你，你需要的只是一個臺階，讓你可以款款地走出去。

他不喜歡你，他這天拒絕了你，害你笑著跑走，然後躲起來大哭一場。但你知道，他會永遠記得你，他會記得，曾有一個人，如此坦率地向他表白，然後憋住眼淚自己給自己打圓場。

餘生之中，當你已經忘記他，甚至不再喜歡他了，他偶爾還是會想起你，想起你是那個曾經向他表白而又挺風趣的人。

被人喜歡，終究是生命裡一枚小小的獎章；如果對方是個優秀的人，那就是一枚大大的獎章；而你，是送了他一枚獎章的那個人，他這一生，怎麼可能忘記你呢？

異地戀是不是終歸會敗給距離？

相隔那麼遠，
見一面那麼難，
甜蜜、心碎，又甜蜜，
這等待滿含淚水卻也會綻放如花。

很多年前在電影節看過一部臺灣新浪潮電影，我記得的故事是這樣的：男生在美國，女生在臺灣，那時候還沒有手機和網路，兩個人分隔兩地，只能靠書信來維繫感情。他們很愛對方，信寫得很勤，幾乎每天一封。女孩住在鄉下，每天早上，她忙完手上的工作就會在窗邊伸長脖子等著老郵差來送信，那是她一天裡最幸福的期待。

老郵差退休之後，新來的小郵差繼續每天來送信，幾年後，女孩嫁給了這個每天都見到面的年輕的郵差。

這個故事是否有點悲涼？

異地戀，有些開花結果，有些漸漸凋零。

無論是不是異地戀，都是會這樣的吧？即使兩個人生活在同一個城市，甚至住在一塊，天天見面，厭倦了，不愛了，有一天也許還是會散場。

女孩愛上了每天為她送來情書的郵差，郵差也愛上了這個每天等著他來的女孩，那個天天給女朋友寫信的男生卻失去了他愛的人。電影故事既悲涼也有點嘲諷，思念是否終究比不上每天的陪伴？深情太遙遠了，是否終歸會敗給距離？

說說我一個老朋友的故事吧。

他當時在英國進修，女朋友在香港，那時不僅沒有網路，就連打一通長途電話也不容易，電話費很貴。他們約好了隔天通一次電話，每隔一天，到了和女朋友約定的時間，他匆匆從他住的宿舍跑到學校另一幢大樓的電話間打電話。颳著風的冬天，走在路上，他整個人都冷得發抖。但是，最磨人的還是等待，每天這個時候，大樓裡早已經擠滿了來打電話的學生，每個人臉上的神情都是又焦急又期待的。

排隊的人很多，等待的時間很長，可是，每個人拿起電話頂多也只能說幾分鐘，無論多麼捨不得，也要掛上電話，讓給後面等著的那個人，他見過一些女孩子一掛上電話就哭了。

幾年後，他畢業回到香港，女朋友變成了他的太太。

時隔多年，他早已滿頭花白，說起兩個人的愛情故事，他最懷念的竟然是那時候隔天打長途電話回來給女朋友的點點滴滴。那時覺得兩地分隔很苦，每次不得不放下電話心裡都很難受，男子漢大丈夫卻不能在別人面前哭。這麼多年過去了，那些苦澀的時光卻是青春日子裡最甜蜜的回憶。

異地戀是否可以修成正果？就像所有愛情一樣，有些可以，有些不可以。

你曾盡了最大的努力，你曾幸福，你曾哭泣，你曾如此想念一個人，要是最後敗給距離，那也無愧了。

沒有人可以告訴你異地戀怎樣可以成功，就像有些愛情會成功，有些愛情終歸要散場。

每一段愛情也不一樣，要不要堅持下去，要看你有多愛他，你能為他忍受寂寞和孤單忍受多久，你又能為他抵擋多少誘惑。

我只可以告訴你，你可以沒那麼寂寞和孤單。

當那個人不在身邊，你要過好自己的生活，不要那麼依賴。當你把時間留給學習，留給工作，當你獨立些，當你生活充實些，想念就沒那麼苦。

愛情當然需要陪伴，可是，有個人天天陪在你身邊，噓寒問暖，但你不愛他，你也不會想念他，這陪伴是不幸福的，也不會是你想要的。

你愛的人，為什麼離你千里之遙？他也是為了自己的人生而努力，他不會永遠都離你那麼遠，總有一天會相聚。

你當初是可以選擇的，選擇了開始，就要明白思念會苦，就要明白陪伴的意義在你們兩個人之間是跟其他人不一樣的。

你們的思念更深，你們的陪伴更不容易，你們的期待滿含淚水。

一個人的時候，學著好好過自己的生活吧，當你有自己的生活，當你也在為自己的人生而努力，思念就沒那麼難受。

愛的那個人在千里之外，摸不到，搆不著，分分合合，有時覺得不那麼愛了，不想繼續了，說過不下一百次分手，甚至也愛過一個在身邊噓寒問暖的人，想要過另一種生活——一種思念沒那麼苦的生活。然而，最後還是捨不得，還是留下來了，原來還是愛的，是無法跟你說再見的，是不願意散場的，這也是幸福。

相隔那麼遠，見一面那麼難，甜蜜、心碎，又甜蜜，這等待滿含淚水卻也會綻放如花。等到了，牽著手回去；等不到，那雙牽過的手，掌心裡也曾開過一朵小花。餘生漫長，不會再見了，可每次打開手，也還是記得那兒曾經開出過一朵早夭的花，那是最苦也最甜的思念。

要是前任真的有那麼好……

若有前任，
女人的幸福就是有很好的前任和更好的現任。

假如一個女人最愛的是前任，對她最好的也是前任，那應該是一齣悲劇吧？要是前任真的有那麼好，又為什麼會成為前任呢？

成為前任總是有許多理由的，時間不對、個性不合、日久生厭、移情別戀……有人對前任恨之入骨，有人雖不恨前任，卻也決定老死不相往來，有人乾脆否認自己愛過那個人，最好不相見，假如再相見，我要活得比你好，只願你看上去比我老三十年。

一別兩寬，各生歡喜，這場修行太艱難了；假若做不到，也不是人品的問題，而是各有前因。

我曾見過的一對前任，或許堪稱經典。多年前的一個夜晚，表哥拉著我和他三個老朋友吃飯。我的表哥比我大十幾歲，他的朋友也都有些年紀了。這三個朋友，兩男一女，是老同學和好朋友，都是很健談的人，其中一男一女也是一對表兄妹。酒酣耳熱之際，我問那個做表哥的：「你對你表妹好不好？有沒有我表哥對我這麼好？」表妹沒說話，那表哥尷尬地笑笑，回答說：「哎，挺好的。」

飯後，表哥送我回家，告訴我，那表哥是表妹的前夫，他們的朋友是表妹的現任丈夫，雖然關係有點複雜，但三個人的感情一直很好。

我壓根兒沒想過表哥會娶了表妹，和表妹離婚後又和表妹的現任，即表妹夫那麼好，現在的表妹夫又是兩個人的老同學。難怪當我問那個表哥對他表妹好不好的時候，他一臉尷尬。

那頓晚飯之後沒多久就是聖誕節，我又應邀去表妹和現任的新家過聖誕。那天一進門，我就受到女主人的前任，即她表哥的熱情款待，原來他也在，當天負責掌廚。我跟著他到廚房看看，發現廚房的東西放在哪裡他全都很清楚，肯定是常常來做菜和吃飯的。

能夠好到這個份上，也是三個人的福氣。

看著別人的故事，我著實慚愧，我真不是一個特別大方的人。對我來說，前任能不見就不見吧。他比不上現任，是我命好；他若比現任好，那是我命苦啊。

男人和女人終究不一樣，男人或多或少對前任餘情未了。我認識一個男人，他那前任差勁到不行，他也清楚地知道這個女人和他在一起的時候根本不愛他，只是玩弄他和背叛他，可是，這麼多年過去了，他心裡還是有她的位置。

然而，對女人來說，最好是沒有前任吧，那就是從來沒有失戀過，也沒受過傷害，一愛就是現任。

若有前任，最好能夠是一個有情有義，也任勞任怨的前任。她離開他了，甚至不再愛他，但他一直默默守護她，始終愛著她，隨時等候她的召喚。若她需要，他會為她赴湯蹈火。

世上真的會有這樣的前任嗎？在女人心裡就是會有這份夢想、幻想、妄想和希冀。

可是，那個可以為你赴湯蹈火的前任後來會不會也有愛的人呢？若他愛上了別人，不是應該對現任更好嗎？他怎麼可能同時守候兩個女人？何況，其中一個已經是過去式。他要做好一個現任，就不可能同時做一個很好的前任，人生的兩難啊。

那個很好的前任，你希望他幸福，若他心裡一直有你，那自然是更好；至於那個很壞的前任，算了吧，你根本沒愛過他。

若有前任，女人的幸福就是有很好的前任和更好的現任。

愛恨就是執著，當愛情消逝，能夠放下執著，變成親人，甚至比親人更好，那得需要多少福氣？此後各生歡喜，也各自與另一人終老。

前任，果然是一場艱難的修行。

曾經喜歡一個人喜歡到難過……

其實，更多的時候，當你喜歡一個人，
根本說不出喜歡他什麼，只能說：「我就是喜歡。」

人的一生，是否總難免會有一次，像中邪一樣愛上一個人？說不出為什麼，也說不出那個人有什麼好，但就是著了迷，就是捨不得放手，不幸的是，你這樣愛著的人卻不愛你，只有你一個人中邪。

他愛上一個女孩子，也向她表明過心意，可惜，每一次表白，她總是說，跟他只能做朋友。他並沒有因此而氣餒，他以為，只要他不放棄，終有一天會感動她。

可是，他最近覺得有點累了，每一次跟她聊天，她都是不冷不熱，不拒絕，也不特別高興。她從來不會主動找他，可憐的他，像一隻忠心的小狗那樣，成天想要巴結她、討好她。早上起床、晚上睡覺前，他滿腦子都是她，他累壞了，卻也覺得很幸運，至少她肯讓他留在身邊，她願意跟他聊天啊。

他不知道還該不該堅持下去，女孩是否也有一點喜歡他？

這個世界上，大概只有他一個人看不出來吧？這個女孩子不喜歡他啊！

她都說了只能做朋友，跟你聊天也似乎是在敷衍你，那你又何必糾纏？

每晚睡覺之前滿腦子都是她，那就嘗試找些別的事情做吧，總有一天會習慣的。不屬於你和不愛你的，你怎麼想也不會變成你的。

當你好像著了魔似地愛上一個人，可否問問自己，你喜歡她什麼？

你說得出來嗎？要是說得出喜歡她什麼，那就試著放下你所喜歡的那一點。譬如說，你喜歡她長得漂亮，那就告訴自己，這漂亮的臉不會對你微笑，不會因為你幸福而幸福，不會因為你難過而難過，而且也是會消逝的。

你喜歡和她一見如故的感覺，你總覺得跟她很久以前已經見過了，可她完全沒有這種感覺，那應該就是你自作多情，認錯人了。你前世的另一半在別的地方呢，快走吧。

其實，更多的時候，當你喜歡一個人，根本說不出喜歡他什麼，只能說：「我就是喜歡。」

說不出喜歡他什麼，那麼，你的喜歡應該很容易就可以放下，你只是需要一點時間。

喜歡一個人，但她不喜歡你，那就先往後退幾步吧。

不糾纏，說不定她會想念你。

你每天找她，她不珍惜，你三天不找她，她會奇怪你為什麼不見了；你一星期不找她，她會想你，她會開始懷疑自己是否也有一點喜歡你。

但只是懷疑而已，當你再一次出現在她面前，她又不喜歡你了。

她終歸是不喜歡你。

真的喜歡你，怎會捨得對你不冷不熱呢？

要是真的很喜歡這個女孩子，那就默默等待吧，讓她知道，當她需要你，你會在她身邊，這不就已經足夠了嗎？一個被拒絕的人所能做的，也就只有這麼多。與其做一隻成天跟在她屁股後面想要討好她的可憐小狗，不如做一隻守在門口的大狗，雖然孤單卻也驕傲些，然後，說不定就可以慢慢離開那個門口。

你可以喜歡很多人，可並不是每一次都有回應，那你就接受這個結果吧。不冷不熱的聊天有什麼意思？每天帶著一個不喜歡你的人進入夢鄉，那多傻啊。

人生還有很多值得努力的東西。你喜歡的人不喜歡你，那就當是失戀吧，失戀一次，也就長大一次。直到你很老很老了，不想再長大了，失不起戀了，你也就不會再喜歡一個不喜歡你的人。

有一天，你會遇到一個你喜歡她，她也喜歡你的人，你會成為一個溫柔的男人，你要好好愛這個女孩子。從前的苦澀回頭再看，都不算什麼。

曾經喜歡一個人喜歡到難過，喜歡到夜不成眠，喜歡到孤單也自卑，喜歡到以為自己再也不會喜歡任何人，這樣的單思終究是會過去的。情深不壽，一生中一次邪就已經夠了，太累人了。

單相思若是美好，只是你自個兒的美好

你表白過，
而對方也說了不合適，
那就請回吧。

有些人，到底是傻還是以為自己有用不完的青春可以浪費？這個女孩子曾經暗戀一個男生超過十年，最後落得空手而回，而今又愛上了一個不愛她的。

她喜歡這個男人，可他只是把她當作好朋友，不介意她的陪伴，也喜歡找她傾訴。這天，兩個人聊著聊著的時候，她終於鼓起勇氣向他表白。聽完她的表白，他有點為難地說：「我們不合適。」

她只好假裝沒事，繼續聽他傾訴。

他告訴女孩，他喜歡了一個人，卻不敢向那個人表白，也沒打算表白，他害怕被自己喜歡的女孩拒絕。他說，與其生生被拒絕，不如藏在心裡，這樣就不會受傷害，這樣也高貴些。

這話剛說完，他卻又問她，怎樣可以打動他喜歡的那個女孩？

於是，她搖身一變，當上他的參謀，鼓勵他去追求他喜歡的那個人。

她毫無私心，只是想他快樂。

她心裡想，他說我們不合適，或許是因為我這個人太主動了，要是他喜歡的那個女孩不喜歡他，拒絕了他，讓他傷心，那麼，他也許還是會回到我身邊，然後我會改，我會努力變成他喜歡和他覺得合適的人。

怎麼會有這麼傻的人呢？

「我們不合適」就是「我沒愛上你」的同義詞，同樣是五個字，只是聽起來委婉些而已。愛就無論如何也合適，不愛就無論如何也不合適，就是這麼簡單。可是，人有時還是會自欺欺人，以為只要改變自己去遷就對方，說不定就可以變得合適，卻不肯承認所有的「不合適」幾乎都不可能扭轉過來，這樣的幻想，最後留下的只有幻滅。

每個男人喜歡的女孩子都不一樣，想要變成對方喜歡的人，這種想法也太沒自信了。假如你不是這個男人喜歡的類型，難道你要為他改變嗎？即使你願意改變，你也做不到，你怎麼可能成為別人呢？要成為別人才能夠被愛，也太卑微了。

人只能夠成為自己喜歡的人。從今以後，你曾經暗戀和單戀的那個人喜歡什麼人，愛上什麼人，有沒有受傷害，都跟你無關了。

暗戀也好，單戀也好，給自己設一個期限吧，期限到了就收手，不收手只會一直卑微下去。假如這份卑微能夠開花結果也就算了，可惜，卑微多半是感動不了對方的，翻山越嶺，長歌當哭，到頭來，只是感動了自己，只能聽到自己的回音。

何況，你都表白過了。

你表白過，而對方也說了不合適，那就請回吧。

有些男人並不值得你的一往情深，他不會成為你真正的朋友，他只是找個人聽他說話，只是享受崇拜，只是寂寞的時候想找個女孩子曖昧，或者找個女孩子告訴他怎樣去追求別的女孩子。

這個人說你不合適，難道就沒有覺得合適的人嗎？沒有就沒有吧，請再也不要為那些對你沒意思的人蹉跎歲月，你所浪費的每一年、每一天、每一分、每一秒，都是從你一生的日子中扣減的。

你一個人也可以過得很好，但是，你知道，那只是自我安慰，那肯定不會是你最想要的結局。

有個人陪你走人生的路，那多好啊。

有個人陪你回家吃飯，有個人被你欺負，有個人生死相許，那多好啊。

如果可以，為什麼要孤單呢？但你必須是我愛也愛我的人。

有一天，在合適的時候，你會遇到一個合適的人，兩個人一起就是這麼自然的事，哪裡會需要你一個人紅著臉、顫抖著去表白呢？又怎會要你苦澀地鼓勵他去追求別人那麼荒謬呢？

青春太匆匆，沒有時間耗在一個不愛你的人身上。單相思若是美好，只是你自個兒的美好，也只是你自個兒的甜蜜與蒼涼。四顧無人，為什麼要留下呢？你是在留戀自己的留戀嗎？

青春也有黃昏，再怎麼漫長的單相思和暗戀，也總得有個歸期。遠方車站傳來了鐘聲，天色已晚，列車要開了，你也該走了，這鐘聲為你而鳴，你明明是聽到了，別再假裝聽不到。

為什麼你總是失戀？

曾經的淚光終究晶亮了你的一雙眼睛，
然後你知道，會看人，也會看自己，是多麼重要。

一個女孩子問我，為什麼她總是失戀，是不是因為她每次都喜歡長得帥的男孩子？

失戀跟你是不是只愛那些長得帥的男生沒有半點關係吧？即使你愛上一個長得很平凡的男人，也是會失戀的。我只能說，有些人運氣比較不好，每次戀愛都沒有好結果，沒辦法，這個世界上總有些人是比較倒楣的。

然而，假使一個人一次又一次失戀，除了倒楣，也有可能是她眼光不好，老是選了錯的人，這就像有些女孩子常常買錯衣服，常常愛上不適合自己的東西。她明明長得不錯，身材也挺好的，可就是不懂選擇，就是眼光不好。

一個人想要過得好，眼光太重要了。眼光也就是品味。

可惜，每個人都有眼光不好的時候。品味這東西，也是需要培養的。

我們曾經如此相信自己第一眼就喜歡的東西，後來才知道那時的眼光還不算好，甚至很糟。

所有的喜歡都是從外表開始的吧？至少是初見時不討厭，是不是可以走下去，又是另一回事。

假如你連那個人的外表都不喜歡，哪裡會想和他開始呢？哪裡會想認識和了解他呢？那又怎會有機會從一開始的喜歡變成後來的愛？

當你走進一家時裝店，你挑的是你第一眼看到就喜歡的衣服，然後才拿去試穿。好看的衣服你不一定就穿得好看，但是，不好看的衣服，你根本不會去嘗試。有些衣服，你第一眼看到可能覺得不算很好，姑且拿去試試，沒想到穿在你身上竟然很好看，很適合你。有些衣服，你從前絕不會喜歡，你非常肯定那不是你的風格，可是，若干年後，你居然發現，你穿這種衣服也挺好看；反過來，有些衣服你現在很喜歡，說不定有一天不再喜歡了。

我從來沒喜歡過豹紋，可有一天，我買了一雙豹紋的平底鞋，覺得我穿還是可以的。我曾經只喜歡黑色的衣服，後來卻也愛上綠色、米色和紫色。人的喜好和品味不是一直都在變嗎？但你會希望是一直變好，否則也就太辜負自己了。

買蛋糕的時候，你肯定會挑那一塊看起來很好吃的蛋糕。什麼是看起來很好吃的蛋糕？通常就是你覺得最好看的那一塊。有時候，好看的果然也好吃，可有時候，你也會受騙。喜歡一個人的外表，並不膚淺，人都喜歡好看的東西，但你的眼光應該不止於此。時間和經歷，還有你所受過的傷痛和挫敗也許老了你的一雙眼睛，卻也讓這雙眼睛變得深邃些、清澈些，能看得遠一些。

外表給了你一個開始的機會，卻唯有內在的東西才會持久。喜歡可以是一剎那，愛，畢竟還是需要一點時間。

外貌贏得你的第一眼，卻不是一切。有些人的外貌不吸引人，但是，當你認識他、了解他，當你和他相處，你會漸漸愛上他，他本來不怎麼樣的外表漸漸也會變得好看。哪兒有十全十美、毫無缺點的人呢？再好看的人也會老，如果只愛一個人的外貌，當他老了，當他變胖和變醜了，你就不愛他了嗎？

合得來比什麼都重要，否則，外貌只是一座雕像。誰又會深深地愛著一座冷冰冰的雕像，會為它哭和笑，會為它無悔地付出，會想和它共度餘生？

沒有人可以告訴你怎樣可以不失戀，但你可以努力提升自己的眼光和品味，要是你吃過的苦、你受過的傷和你流過的眼淚並沒有使你長大些，那就太不值得了。

一天，你可以原諒那個變了心的人，但你不能原諒自己當初沒眼光。

曾經的淚光終究晶亮了你的一雙眼睛，然後你知道，會看人，也會看自己，是多麼重要。

我們都是孤獨症患者

能夠慷慨，能夠爽朗，能夠獨立，這樣還是不夠的，財富也讓你能夠選擇，能夠單身。當你有足夠單身的錢，你才可以活得精緻。

人都是矛盾的動物，孤單的時候渴望戀愛，身邊有伴的時候卻又渴望偶爾可以享受孤獨的時光。無論單身抑或不是單身，到頭來，每個人都會成為孤獨症患者吧？

我們不害怕孤獨，我們害怕的是沒有品質的孤獨。

韓國一群研究員最近研究分析了八千人的飲食習慣，他們發現，單獨吃飯的男女，罹患高血壓和糖尿病等慢性病的比例較高，常常單獨吃飯，也更容易肥胖。單獨吃飯的男人，情況比單獨吃飯的女人更糟。

單獨吃飯，意味著沒有人陪你吃，你吃什麼都可以，沒人管的男人，更傾向於亂吃和吃很多。

單獨吃飯，除了增加慢性病的風險，也是早逝的因素。說到這裡，你害怕嗎？

不過，單獨吃飯也不是沒有好處的，長期單獨吃飯，你再也不用擔心孤獨終老，因為你很有可能沒機會孤獨終老，而是孤獨早死。

這樣的孤獨毫無品質。

人生的漫漫長路，找的就是那個陪你吃飯的人；所謂歸宿，也離不開飲食男女。當那個餘生會陪你吃飯的人還沒出現，你是否依然可以活得精緻些？

你不是光棍，也不是單身狗，你只是剛好單身。

英國人是最懂得和孤獨共處的民族，只要一本書、一杯咖啡、一杯麥芽威士忌、自家的一個小花園、一隻小狗或者老狗、幾樣嗜好，他們就可以一個人過一天，日復一日，不需要另一個人的陪伴。

我們太愛熱鬧，太缺乏安全感，也太需要存在感了，無法好好享受孤獨，總覺得孤獨是壞事。

人生中有個伴侶同行當然是幸福的，兩個人一起走路，雖然比一個人走要慢一些，卻也可以走遠些。可是，人有時就是會單身。

世上也許沒幾個人是主動選擇單身的，我們太知道了，每個人孤零零地來到這個世界，終歸也會孤零零地回去，那麼，活著的時候就讓我身邊有個人吧。

漸漸你發現，身邊單身的人愈來愈多，不都是失戀的，也有從來沒戀愛過的，還有不結婚的。這個世界已經不一樣了，早就不是農業社會，不是每個人都需要成家、生兒育女，然後一起下田耕種。而今，單身也可以活得很好，但你首先得有單身的條件。

「人追求的當然不是財富，但必要有足以維持尊嚴的生活，使自己能夠不受阻擾地工作，能夠慷慨，能夠爽朗，能夠獨立。」

毛姆《人性的枷鎖》這一段寫得多好啊！但我還是想再續幾句，能夠慷慨，能夠爽朗，能夠獨立，這樣還是不夠的，財富也讓你能夠選擇，能夠單身。

當你有足夠單身的錢，你才可以活得精緻。

單身而精緻，誰會覺得你不快樂呢？

慢慢地，慢慢地，你發現，幸福可能很簡單，就是手裡有點閒錢，身邊有可以愛的人，有喜歡的音樂、電影、書和藝術，有嚮往的東西，有健康的身體，有可以追逐的夢。

那麼，是否也需要有美好的回憶？當你老了，往事依稀，漸漸都不記得了，回憶只是幻象，有或者沒有都不重要了。這時候，要是你身邊有伴，你都記不起那些單身的日子了；要是你身邊沒有伴，你也想不起那些曾經有伴的日子。

單身好還是兩個人好？無論結局如何，也許都難免會有遺憾吧？我們終究都是孤獨症患者。

十個瞬間，你知道他不愛你了

一個又一個肝腸寸斷的瞬間，
你終於清醒過來，
接受愛情的消逝。

你什麼時候不愛一個人，你是知道的；只是，你也許會繼續欺騙自己，跟自己說，他那麼好，我是愛他的；都一起那麼多年了，離開他，去愛別人，也不一定就比現在好，不見得會比現在幸福。

你愛的那個人什麼時候不愛你？你也是知道的。有些瞬間，你明明看到了，卻選擇看不到；看不到，也就不需要面對。然而，你一次又一次假裝看不到，終歸還是躲不了。

他不愛你都已經到了這個程度，還能躲嗎？

他什麼時候不愛你了？

他變得尖酸，時常挑剔你，尤其是你的外表。

你特地為他打扮得漂漂亮亮，他不但不領情，還反過來問你為什麼穿成這樣，說你這樣一點都不好看。你稍微胖了一點，他就當面說你屁股怎麼越來越大？腿也粗了很多。

你以為他真的在意你的外表嗎？他只是對你再也不感興趣，他厭棄你了。有一刻，他看你的時候，與其說看著一個自己愛的人，不如說他就好像看著一個陌生人，眼裡只有寒意，而你看到的，是自己的卑微。

他開始跟你計較。

他不再送你禮物，你花他的錢買東西他會抱怨你怎麼那麼愛花錢，他再也不是那麼捨得為你付出。你的生日和節日，他說他沒時間去買禮物。

曾幾何時，他豪氣地說：「我的錢你隨便花！我賺錢就是為了讓你有錢可以花，否則，我賺再多的錢又有什麼意思呢？」

可是，他現在不這麼說了，錢是他的，跟你無關。

當他突然跟你計較金錢的一刻，你看到那個你不曾見識過的他，他眼裡沒有你，只有他自己。

他無視你的要求。

你說很久沒回去看爸爸媽媽了，他聽到，卻不答話，沒說陪你去。你說很想去旅行，他不置可否，不見得很想去。你愈來愈卑微了，都不敢提出什麼要求。有一天，氣氛好像比較好，你鼓起勇氣問他要不要陪你去同學會，他迴避了你的目光，沒回答。一瞬間，你看到他躲避的眼神，他已經不想再和你一起去見別的人。為什麼不想？你不是這麼笨吧？當你打算跟一個人分開，你還會帶他去見你的家人和朋友嗎？

他不再跟你說心事。

他以前什麼都跟你說，你們兩個總有說不完的話，可是，現在他什麼都放在心裡，根本不想說。他總說他很忙，很累，你埋怨他什麼都不告訴你，他反而生你的氣，說你不體諒他，說你煩。當你跟他說話，他不是看手機就是一臉不耐煩，你說的話，他再也不覺得有趣了。

當你問他：「你有沒有在聽我說話？」他冷冷地朝你看一眼，那個瞬間，你突然明白這個問題問得太笨了。

他喜歡找碴。

曾經他是那麼容易相處，那麼遷就你，可他愈來愈喜歡在你身上找碴。你做錯一件小事，他也可以大發脾氣，你無論做什麼都不對，做什麼都做不好，你就是個笨蛋，就是個沒有用的人，他都懶得跟你吵了，也懶得聽你解釋。

當他再一次找碴的瞬間，你發現眼前這個人就像從來沒有愛過你一樣。

他不再緊張你的眼淚。

當你在哭，他再也不會像以前那樣六神無主，再也不會急著安慰你，問你為什麼哭，他也不會湊過來摟著你。

你淚汪汪的眼睛看向他，那一刻，你看到的只有厭煩。你這才知道，你的眼淚今後再也無法打動他了。

他未來的計畫再也沒有你。

他很少跟你說將來的事，他未來的計畫裡再也沒有你的一份，他和家人朋友的聚會，很少帶著你去，雙雙對對的朋友說著兩口子將來的事，他都不插嘴，甚至一副興趣缺缺的樣子。

你看著你快樂的朋友，再回頭看看他，那一瞬，你知道你和他的將來太渺茫了。

他很久沒有牽你的手了。

兩個人出去，一路上，都是各走各的，話也少說。天冷了，他寧願把兩隻手插在褲子的口袋裡也不要給你牽著；天氣熱的時候，你拉著他的手，他說了聲：「熱呢。」然後把你的手甩開。

你苦澀地走在他後面，看著他的背影，明白他只會愈走愈遠。

他變得自私。

以前他會先為你想，如今他只為自己想。以前，無論多麼晚和多麼累，他都會熬夜送你回家，現在卻叫你自己叫車回家。

曾經被他捧在掌心裡寵著，而今的你再也不是他的優先。你哭著問：「你是不是不愛我了？」他給你的只有沉默。

就在這個瞬間，你看出了愛情的無常，卻偏偏不肯放手。

他已經很少碰你了。

那些甜蜜的廝磨再也沒有出現了，他總是避著你，等你睡了他才睡，你醒著他就不進睡房，寧願睡在客廳的沙發上。半夜裡，你在床上摟著他，他假裝睡著，轉過身去背對著你。你能做些什麼呢？難道你可以主動脫掉一個男人的衣服嗎？你做不到，那太卑微了，你還不至於。

有天晚上，他喝醉了，不知道是出於需要還是憐憫和內疚，他主動靠過來和你親熱，然後，他抱著你睡了。看著他熟睡的眼睛，你看不穿，看到的只有自個兒的悲涼。

一個又一個肝腸寸斷的瞬間，你終於清醒過來，接受愛情的消逝，就像你接受時間的消逝。有些東西，就是會過去。

有一種摯友，叫前妻

歷盡劫波前妻在，
相逢一笑泯恩仇。

A先生因為有第三者而離婚，離婚之後，小三卻離開了他。天性多情的他後來又換過幾個女朋友，一個比一個年輕。雖然各有各的生活，也很少見面，但是他和前妻多年來始終保持著良好的關係。他手頭拮据的時候，是前妻借錢給他周轉；他事業低谷的時候，前妻是唯一肯每天聽他傾訴的。前幾年，他得了肝癌，女朋友都離開了，回來照顧他、陪他看病的也是前妻。

B先生風流成性，太太終於受不住跟他離婚。離開了太太，他的人生跌宕起伏，賺過大錢，也賠了很多，破過產，然後又東山再起，不幸又輸一次。一窮二白的時候，他得了肺癌，收留他住在自己家裡，拿錢幫他治病，陪他度過手術前後那段最痛苦的日子的，是前妻。

C先生的太太是他的大學同學，那時他只是個窮小子，後來他事業成功，夫妻倆卻漸行漸遠，他愛上了另一個女人。兩人離婚多年，居然是前妻過得比他好。當他得了胰腺癌，身邊沒有別人，衣不解帶照顧他，陪他走完人生最後一段路的，是前妻。

這三位先生都是我的朋友。

都說最動人的一句情話是「我在」，其實這句話不見得只能夠出自一個深情男人的口中，也有可能是一個肝膽相照、義薄雲天的前妻。不再是夫妻了，然而，當你窮困潦倒，當你失戀，當你得了重病，當那些跟你風花雪月的女孩一個個離去，前妻說：「我在。」

歷盡劫波前妻在，相逢一笑泯恩仇。

她並不是一直在等你，也不是還愛著你。你不愛她，她也不愛你了，更不想跟你復合，即使你想和她復合，她也不願意。

她為什麼對你那麼好？前妻就是一種命。

當初因為了解而分開，而今是因為更了解而回到你身邊。愛情早就消磨殆盡，卻有恩義在。無論你把她變成前妻的過程曾經有多麼殘忍、無情，或者窩囊，她始終記得你對她的好。女人是多麼善良的動物，只要她知道你曾真心對她好，她就會永遠記住。

她對你再也沒有任何要求，她現在能夠接受你一切的缺點，因為這些缺點再也不能、也不會使她傷心和失望。她完全可以對你無私，她只想你好好活著，或者好好死去。

一個富豪離開了和他一起創業的妻子，她曾恨他至深，他則抱怨她老是強調他有今天全是因為她。然而，這麼多年來，他身邊換了一個又一個女人，卻沒有一個女人可以代替前妻在他心中的地位。他非常霸氣地對記者說：「只有我前妻可以批評我，誰都不可以。」

曾經在那段破碎的婚姻裡互相怨恨，曾經無話可說，曾經以為此生終成陌路，後來的後來，當你落難，還有前妻在。

最了解你的女人，是你前妻。

她了解你所有的好和不好，她也見過你最壞的一面，在她面前，你再也不需要逞強。

最不恨你的女人，是你前妻。

她早就恨過你了。

最憐惜你的女人，是你前妻。

你畢竟是她愛過也愛過她的人。

對你無欲無求的女人，是你前妻。

有一種生死之交，是你和你娶過的那個女人。

從終成眷屬到差一點終成陌路，命運多變，竟又峰迴路轉。她愛過你、怨過你、曾經無數次想掐死你，卻也是後來那個對你最寬宏大量的人。

離婚那時候她狠狠恨過你，這麼多年過去，在她心中，你竟漸漸變成她的一個孩子，既是親情，也是友情，帶著一絲絲無奈，卻也愈來愈超脫。

這份情，超越了男女之愛，更波瀾壯闊。有一種摯友，叫前妻。

我愛過你，情何以堪？

人最大的恐懼就是以為沒有愛就活不成。

某年某天，我在報紙上無意中看到一個熟悉的名字，那個人死了，留下妻子和只有幾歲大的兒子。這是很多年前我認識的一個人，他現在的妻子是他那時候交往了許多年的女朋友，但他還有個小三，那小三是我的好朋友。

一開始，她並不知道他已經有女朋友，當她知道了，卻已經離不開。那些糾纏不清的日子，她天天喝酒喝到不省人事，明知道那個男人當時在女朋友身邊也偏偏要打電話給他。她一次又一次傷害自己，想逼他離開女朋友，離開那個單純也可憐的女人。

我始終不明白她為什麼喜歡那個男人，她的條件絕對配得上一個比那個小混混好得多的男人，她也不是沒人追，對她好的、忠厚老實的、才華橫溢的都不缺，為什麼會對一個不老實，也不忠誠的男人情有獨鍾？應該是瞎了眼吧？

他有什麼好，我沒看出來；他有什麼不好，倒是很明顯。他腳踏兩條船，竟然還可以那麼厚顏拿她的錢。他的車、他的手機都是跟她要錢買的，她也給得心甘情願。

既然沒錢，為什麼要買車？沒本事就別買吧。

我的朋友卻為他辯護：「他很喜歡那輛車，那是他的夢想。」

他憑什麼要別人為他的夢想買單？而且他還有女朋友呢。

就連他的衣服鞋子都是她買的。我的朋友有一個明明很笨卻自認為聰明的理由，她說：「他回家跟那個女人一起的時候，身上的衣服鞋子都是我挑的，他會想著我。」

這個男人對這些禮物從來不拒絕，花錢也愈來愈大手大腳，這就是最近流行的所謂小狼狗吧？可是我的朋友當時並不富裕，這個男人也長得不帥，頂多只能稱為老狼。

他無數次答應會離開女朋友，當然不會真的做到。她一次又一次失望，卻一次又一次縱容他。她愛他愛到近乎痴迷，愛到我百思不得其解。這真是什麼品味啊？

這個男人愛她嗎？

無論如何，我相信是愛的，只是，他也愛其他女人，他還可以愛更多女人。

我忘記了他們後來是怎樣分手的，是她愛上了別人還是他始終離不開一起多年的女朋友，這都不重要了。我跟她已經很多年沒見，我不知道她會不會知道他走了，要是知道，會覺得唏噓還是已經沒有感覺？這個年紀死去終究是年輕的。

有些人，那麼不值得，又那麼壞，可你就是愛他，就是放不下，好像一旦放下了他就是放下了自己，就會顛沛流離，成了無主孤魂。

放下那麼難，寧可苦苦抓在手裡，告訴自己，只要不放手，或許就會變成我的。

人最大的恐懼就是以為沒有愛就活不成。

一個人到底要有多麼悲觀和自卑才會無法驅散心中的這份恐懼？

一個人的內心又要有多麼殘缺才會離不開一個對你不好也不忠的男人？

曾經以為愛情無問對錯，直到青春散盡、一敗塗地，才明白那是一次沉淪，然後你跟自己說：「但願我沒有愛過你。」

曾經那麼墮落，那麼卑賤，那麼不自愛地愛過一個人，每次想起都覺得對不起自己。

我愛過你，情何以堪？

當他不愛你了

愛是由無數個瞬間組成的；
不愛，也是由許多個瞬間組成。

睡覺的時候，你想牽著他的手，他微微鬆開了手。可是，他以前是牽著你的手睡覺的。

起床的時候，外出之前，他再也沒有吻你。

當你告訴他你今天做了一件很棒的事，你看不到他讚賞的目光。

當你向他暗示你很喜歡一樣東西，想讓他送你，他假裝沒聽到。

吃飯的時候，他幾乎都在玩手機。

工作上的事，他再也不怎麼跟你說。

親熱的時候，他眼睛不看你。

親熱之後，他不抱你。

你跟他訴苦的時候，他認為你是無病呻吟，他懶得聽。

你讚美自己的時候，他露出了不屑的目光。

一起去旅行時，他變得很獨裁，要你遷就他，去他想去的景點，吃他想吃的東西。

你打扮得漂漂亮亮的時候，他完全沒有多看一眼，當然也沒有一聲讚美。

你哭的時候，他走開去做自己的事。

走路的時候，都是你主動牽他的手。

明明看到你踢開了被子，他也不會幫你蓋好被子，不擔心你會著涼。

吃到好吃的東西，他沒有留給你，而是自顧自地吃掉。

無論你有什麼提議，他都不感興趣。

當你說起一部感人的、浪漫的愛情電影，他表現得興趣缺缺。

當你對他深情微笑，他的微笑是那麼淡然。

當你深深地、萬縷柔情地看著他的眼睛，你看到的是逃避。

有些愛天長地久，有些愛終會消亡，無論過去多麼甜蜜，有一天，你突然發現你在他眼裡再也找不到曾經的那份熾熱的愛。這份愛情是什麼時候消逝的呢？卻也許想不起來了。我們總是在行將失去的時候才發覺，這時，已經留不住了。

愛是由無數個瞬間組成的；不愛，也是由許多個瞬間組成，只是，當時你心存僥倖，甚至自欺，以為以後會變好。

我為什麼愛你：最短的一句

你呢？

你為什麼愛上這個人？

芸芸眾生，為什麼獨獨愛著你？關於愛你，可以寫下千言萬語，可以隻言片語，也可以只一個微笑就了然。

我為什麼愛你？

你像我。

你很好。

你比我好。

你是優良版的我。

像是前世見過你。

你的眼睛我百看不厭。

總是牽掛著你。

沒有人比得上你。
你愛我就像我愛你。
希望餘生有你相伴。
你讓我相信了愛情。
捨不得不見你。
只要想起餘生沒有你就受不了。
我們是同類。
喜歡摸你的頭。
你喜歡的我也喜歡。
你討厭的，我也正好討厭。
你讓我成為更好的我。
你讓我感到幸福。
喜歡欺負你。
原來只有你可以欺負到我。
覺得你就是那個人了。
你不是最好的，我也不是，我們一起剛剛好。
那天你說你會永遠等我。

沒來由地被你感動了。
第一次見你就不想離開你。
你是另一個我。
只有你受得了我。
喜歡你睡覺時牽著我的手。
無法想像沒有你的日子怎麼過。
因為你，我哭了。
你就是我喜歡的樣子。
不知道，也不想知道，要是不愛你，那是什麼樣的人生。
你是我一直嚮往的人。
你和我很登對。
總想見到你。
你壞。
你聰明。
你太可惡。
你長得不算好看，但也不錯。
你肯陪我做無聊的事。

我們去旅行，吵完架也沒有分手。
你會每天打電話和我聊天。
害怕和你分手。
希望我死在你前頭，死在你懷裡。
那天，你說你永遠不會離開我。
你呢？你為什麼愛上這個人？你那句話有多長？又或者有多短？

走過失戀的日子

我那麼努力，
是為了可以愛得有尊嚴；
而我終於懂得自愛的好，
就不會再讓任何人傷害自己。

二十歲出頭的時候，和同時失戀的好朋友天天在一起，一起哭，一起醉，一起自憐，一起唱著悲傷的情歌。那時候，我們那麼年輕，有大把青春可以浪擲，在失戀的時候卻總是又悲觀又灰心，以為自己會孤獨終老。要是我愛的那個人不愛我了，我以後也不會愛任何人，誰還要相信愛情啊？那麼苦，苦死了。

那些像行屍走肉的日子，誰在失戀的時候沒經歷過？我的一個朋友，在一次又一次失戀之後創立了一個失戀網站和一本失戀雜誌，沒想到推出之後大受歡迎，變成她後來的事業。原來，我們從來不孤單，這個地球上，只要你大喊一聲「失戀的看過來！」，說不定你會收穫成千上萬雙淚水模糊的眼睛。

可是，即使全世界和你一起失戀，也並不見得你會因此覺得沒那麼難過。每個人總以為自己的愛情是要比別人獨特一些的，自己的失戀也比別人要痛苦些，後來我們才知道，要失的戀不如早些失掉吧，別耽誤光陰，女人的青春終究是比男人要匆促些的。

然後，一轉眼，我們離那個年輕失戀的自己已經那麼遠了。那時候，無數個夜晚，我和同病相憐的她喝著苦酒，說著某人曾經給過自己的甜蜜與承諾，說著那些虛無縹緲的復合的希望……啊，說不定他還愛著我，他現在喜歡的那個人怎麼比得上我呢？

可是，捨不得放開的手終究狠狠地被現實甩開了，那個人過得很好，他沒打算回來，他不愛你了，正愛著別人呢。那一刻，你驟然明白，愛是會消逝的。以後的漫長日子，你又遇上別的人，經歷一次又一次的愛與被愛，早就忘掉了二十歲時那場哀傷的失戀。

長大多好啊！獨立多好啊！依然期待愛情，依然享受愛情，依然需要陪伴，依舊相信有個人陪著終老是幸福的，但是，要委屈自己就不必了。我那麼努力，是為了可以愛得有尊嚴；而我終於懂得自愛的好，就不會再讓任何人傷害自己。

情人節有沒有花我都OK，
有的話我拈花微笑；
沒有花，我也照樣微笑。

愛是什麼？
是我明明可以獨立卻依賴了你，
終要告別的時候，我又得重新學會獨立，
明白了餘生再也沒有可以依賴的人。

Chapter 3

不要應酬這世界

男人是否都有初戀情結？

他想念的也許不只是當年那個女孩子，也是當年和那個女孩戀愛的年少青澀、躊躇滿志的自己。

結婚十二年，兒子八歲了，太太溫柔又美麗，工作能幹，擁有自己的事業，他當年追她追得挺辛苦的。

然而，婚姻和歲月好像總會一點一點地磨碎當年的深情，一家子的生活漸漸變得枯燥平淡。人到中年，事業有成，心裡卻也打開了一個缺口，這時，他竟然重遇青梅竹馬的初戀情人。

當年的初戀情人剛剛離婚，一個人帶著女兒生活。這個和他同年的從前的女朋友，而今也跟他一樣，不年輕了，可在他眼中，依然是他那時愛著的女孩。舊情難忘，兩個人很快就愛火重燃，愛得難捨難分。

愛得這麼瘋狂，怎麼瞞得了太太呢？他索性打包東西從家裡搬出來，跟初戀情人同居。

太太、兒子和其他家人都不原諒他，朋友更笑話他，妻子是美女，初戀情人卻長得很平凡，這什麼眼光啊？

每次朋友笑話他，他總是很深情地說：「你們不懂的，她是我的初戀啊。」

男人是否都有初戀情結？一生中，無論愛過幾個女人，無論單身還是結婚了，初戀總是難忘的。要是初戀情人真的有那麼好，當初為什麼無法在一起呢？男人跟自己說，那是因為那時的自己太年輕，還不懂怎樣去愛一個女人，也不懂得怎樣給女人幸福。那時候，他並沒有現在擁有的一切，他不知道珍惜，也不知道怎樣去疼一個女人。

當一個男人得意的時候，想起初戀，他會遺憾這個女人沒能一直陪他走到今天，沒能分享他現在的一切，沒看到他的成就，他太對不起這個女人了。

當一個男人失意的時候，想起初戀，他會想，要是當時沒有分手，人生是否不一樣？他想念的也許不只是當年那個女孩子，也是當年和那個女孩戀愛的年少青澀、躊躇滿志的自己。他多希望，人生可以重來一遍。

無論而今幸福或者不幸福，富有抑或貧窮，成功或者失敗，初戀是男人心裡永遠的一縷柔情，是即使白髮蒼蒼，也依然年少。

女人是否都比男人實際？現在過得幸福，她才不會懷念初戀；假使現在不幸福，她會想，說不定是初戀害的，是初戀情人太糟糕，害她從此以後對男人和愛情失去了信心。

男人對初戀卻是多情的，是這個女人，而不是別人，讓他人生頭一回嘗到了愛情的甜蜜與苦澀；是這個女人，而不是別的女人，是他愛情的啓蒙。假使是他辜負了這個女人，有機會的話，他多麼希望可以重來一次，這一次，他會給她補償，他會好好愛她。假如是初戀情人辜負了他，首先不愛他，他也希望可以重來一次，這一次，他會讓這個女人首先愛上他，再也離不開他。

那個離家出走，和初戀情人私奔的男人，後來卻又回家去了。他和初戀的再戀，終究是不成功的。幾年的共同生活，兩個人漸漸看清了現實，重遇時的激情早已褪色，青梅竹馬的感情抵不過人生的起起伏伏，離家之後，他的事業一直走下坡路，相反，女朋友卻愈來愈成功，不再需要他了。

於是，他又打包東西回家，就像作了一場夢似的。

初戀有多麼難忘，也許就有多麼痛苦，可惜，不是一個人痛苦，而是至少兩個。

與其防小三，不如做到這三件事情

你愈努力，愈能夠留住緣分；
要是留不住，那麼，你也無愧了。

戀愛和婚後怎樣去防小三，這個問題多麼沒出息，又有多傻呢！老防著別人多累啊，人是為了防著別人而活的嗎？

你以為男人讓你看他的手機，任由你翻他的東西，就一定沒有小三嗎？你以為他每天都給你打電話，每天都回家，他的錢都給你，他就一定沒有另一個人嗎？你以為他那麼疼你，就不會也疼著另一個女人嗎？

當你愛著一個人的時候，怎麼可能擔心他同時也會愛上別人呢？愛情本來就是一場賭博，你賭他不會遇到一個比你好的，賭他不會愛上別人，他也賭你不會遇到一個更愛的，賭你不會有天厭倦了他。

賭的時候我們需要什麼？當然是賭本。

你的賭本是什麼？當你青春貌美的時候，你以為這就是你的賭本。那麼，當青春不再，你是否就變成一個寒磣的賭徒，窮途末路，再也拿不出來一堆閃亮的籌碼？可是，永遠都會有比你年輕和貌美的女孩啊。

愛情的賭本只能是愛情，當你的愛情和婚姻幸福也甜蜜，你想都不會想怎樣去防小三。

與其防小三，不如做到以下三件事情。

第一，請你做好你自己。

怎樣做好你自己？請你一定成為一個靚麗的女人，請你一定成為一個可愛的女人，請你一定成為一個有趣的女人，請你一定成為一個聰慧的女人，請你一定成為一個能夠獨立，也懂得依賴的女人，請你一定成為一個懂得付出和包容的女人。

哪裡有一個人是完美的呢？理想和現實總難免有落差，真實生活中，哪裡有那麼多的英雄與鐵漢？男人也是需要照顧和依賴的，他們有時甚至比女人更感性，只是他們表達的方式不一樣，他們不會用眼淚來抱怨，他們只會用沉默來抗議；他們不知道怎樣撒嬌，他們只會躲到自己的小山洞裡生悶氣；他們不知道原來吵架之後可以色誘你，然後跟你和好，他們只會納悶你要一直生氣到什麼時候。

當你了解男人心裡那個孩子，你也就知道男人也是要疼的。要是你只肯愛一個成熟也完美的男人，你注定會失望和孤獨。

第二，請你成為那個無可取代的人。

你以為愛情不會老去嗎？你以為婚姻會一直都幸福嗎？要是你這麼以為，你不是太年輕就是太天真。

愛情是兩個人的事，婚姻卻是三個家庭的事，你和他的家，還有你們兩個人的原生家庭。幻想可以去得很遠，要多美就有多美，現實卻在眼前，粗糙得很。當愛情沒那麼熾烈了，往後的是感情，不需要擔心柴米油鹽，卻不一定就可以過好那漫長的小日子。兩個人一路走下去，為什麼離不開彼此？為什麼曾經傷心和失望，曾經懷疑和抱怨，甚至想過去愛別人，卻又始終留下？為什麼你不會害怕他不愛你？因為你知道你是無可取代的。你是他的情人，他的妻子，他的知己。他什麼都跟你說，你們有永遠說不完的話題，你們都太了解對方，無言無語也知道對方在想什麼。

試著去成為他生命中那個無可取代的人吧。

第三，請你一定要努力。

請不要因為已經有人愛了或者已經嫁了就變懶，請不要以為即使你變得多麼糟糕也有人必須繼續愛你，請不要以為緣分不可以也不會改變。

緣分讓兩個人相識相遇，卻唯有努力才能夠讓兩個人相知。不要太依賴緣分，不要把什麼都交給命運，只有當你努力時，你才有資格說你把一切交給命運。美滿的婚姻怎麼可能只是兩個人運氣都好呢？你有沒有努力去珍惜、諒解和包容？你有沒有看出愛情是荒涼的人生裡一份多麼難得的禮物與溫柔的守護？

你愈努力，愈能夠留住緣分；要是留不住，那麼，你也無愧了。假如所有的努力最後也是徒勞，請你還是要努力，努力相信今後你會過得更好。

不要應酬這世界

從來就沒有人要求你要有多棒，
而是你不接受自己不夠好。

她從小就想要成為家裡最出色的那個孩子，成為最讓父母驕傲的那個孩子。她成功了，家裡讀書最多和賺錢最多的是她，比她大兩歲的哥哥很沒出息，妹妹和弟弟也遠遠比不上她。她每個月給父母最多的零用錢，父母住的房子是她買的，她送禮物給家裡的人也是最慷慨的，過年過節外出吃飯也都是她掏腰包。

到了三十四歲，她選擇了一個條件出眾、家人會引以為傲的丈夫。

她快樂嗎？到頭來，一點都不。

原來，出色很累。

她覺得很不公平，為什麼家裡的一切都得由她負責？為什麼每個人都依賴她？為什麼自己那麼好勝呢？

她向來以為不好勝就會輸，她不一定要贏，但她不喜歡輸。

她雖然沒有承認，但是，從小到大，只要哥哥或者弟弟妹妹偶然有什麼做得比她好，她心裡就會嫉妒。她一邊覺得累，一邊卻又要成為家裡最棒的那個孩子。

假如不是家裡最棒的那個人，她會沮喪；一旦成為家裡最棒的那個人，她偶然也會沮喪。她羨慕弟弟和妹妹可以常常對父母撒嬌，甚至可以柔弱和懶散，她也痛恨哥哥的不負責任。

她甚至總想要比她母親贏得父親更多的愛和關注。

是的，她喜歡被關注，而她知道，她不可能通過撒嬌和脆弱來贏得關注，她必須獨立和強大。

當她一路領先時，她是快樂的，後來的一天，她突然跑累了，覺得贏了沒意思。那麼好勝，吃苦的是自己，吃虧的也是自己，家人把她的付出都看作理所當然。

她嫁了一個看起來很棒的男人，他擁有閃耀的學歷、一份很好的工作和優渥的收入。這個人比她妹妹那個沒用的丈夫有出息太多了，是可以拿出來見人的，是可以放上檯面的。

可是，她發現她並沒有自己以為的那麼愛這個男人，這個男人也並沒有她以為的那麼出眾，他缺點太多了，婚前她怎麼看不見呢？她心裡愛的是那個她最終沒有選擇的男人，那個世俗條件沒那麼好的男人。

當每個人都認為她活得很好，她心裡卻說不出地蒼涼。她從來就沒有安全感，她總害怕假如她沒那麼出色，她就不值得被愛，她也會失去所有的愛。

她終於發現，她從來沒有真真正正為自己而活。

她為誰而活？

為家人而活？好像也不是。她是為了這世界而活，她為了世人的讚美而活，她為了掌聲而活。她活得太虛榮了。

活得虛榮的都會累。你那麼努力，那麼出色，你以為你為自己而活，到後來才發現，你是為別人而活。你把自己放到舞臺上，期待著你的觀眾為你喝彩；那些喝倒彩的，只是因為嫉妒。

可惜，因為你太渴求關注，舞臺和觀眾都是你一廂情願幻想出來的。每個人都有自己的日子要過，哪裡會有那麼多人關注你呢？你可以出色，但是，是為自己而出色。從來就沒有人要求你要有多棒，而是你不接受自己不夠好。

你為什麼不可以脆弱呢？又為什麼不可以撒嬌？是你太愛逞強。

要是你真的有那麼出色，有那麼聰明，你也該有點悟性，終究會明白一個道理——不要應酬這世界，自個兒活得開心就好。

這輩子，應酬自己就已經很累了，為什麼還要苦苦應酬這世界？

你並非不自由，而是太世俗了。

你挺好的，可惜我沒愛上你

我們真的可以決定自己愛上誰嗎？

人生最讓人惆悵和嘆息的是哪兩個字呢？有人說是「可惜」，有人說是「死了」，有人說是「不愛」。我選的是「可惜」和「不愛」，死了又豈止是惆悵和嘆息？

生命中有些感受，它不算是很大的衝擊，甚至毫不深刻，它也沒讓你傷心難過，它不過是你走過的一處風景，雖然物是人非，卻在你心中留下了淡淡的痕跡。

我認識一個男的，學問和文采都很好，就是做人的格局太小，非常小家子氣，一方面恃才傲物，一方面卻又自卑而孤僻，老是覺得自己懷才不遇。這個文弱的男人總以為這世界欠了他，在他平靜和看似謙遜的外表下是一顆憤世嫉俗的心。

我和他無法成為朋友，可有一次讀他寫的一篇文章，我心裡還是佩服的。那篇文章寫得真好，他寫的是一個女人主動對他表達愛慕之情，她是個柔弱內向的文藝女青年，愛上他了，一直默默守在他身邊。直到一天，女青年終於鼓起勇氣向心儀的才子表白，他驚訝而感動，卻很委婉地拒絕了她。

他忘不了她失望的神情和受傷的身影。此後多年，兩個人不相往來，每每想起這個女人，他心裡還是覺得可惜。

可惜什麼？他沒說得很直白。

應該是可惜自己沒愛上她吧？有一個女人懂得欣賞他、愛慕他，也看到他的好，她是那麼羞怯，那麼有眼光，那麼不世俗，說不定是他為數不多的知音，而且她愛他。

可是，他不愛她，他就是不愛。

在他孤芳自賞的餘生中，他不會忘記，曾有一個人含蓄地愛著他，他卻婉轉地對這個人說不。

一生中，總有些時候，我們在心裡跟自己說：「要是可以愛上這個人，多好啊。」

「要是可以……」這是多麼美好的幻想，可惜不會實現，終歸是一場幻夢。

喜歡一個人，往往並不是真實的他有多好，而是在你心中他有多好。情有獨鍾的時候，他的好可以無限擴大，而且全歸你所有。

對於那些曾經勇敢向你表白而又傷心離去的人，多年以後，你對他始終懷抱著一縷柔情，也許不是因為他有多好，而是他看到你有多好。你也許是他見過的最曼妙的一幕風景，你的一部分也因他而變得美好和高貴。

可惜，他的款款深情只能被你辜負。

有些人的好注定跟你有關，有些人的好卻始終跟你無關，他是希望跟你有關的，可惜彼此無法走在一起。

我們真的可以決定自己愛上誰嗎？

原來不可以。

你或許可以決定嫁給誰，決定跟誰生活、跟誰終老，卻不見得可以決定愛上誰。

我們既自由也不自由，見過那麼多的風景，卻不一定都可以留下。

或許，每個人生命中都曾有這樣一個人，他挺好的，可惜你沒愛上他。後來的後來，他也許忘記你了，你卻不會忘記。

有一種催婚叫「家裡人擔心你不夠強大」

當你足夠強大，
誰敢嘮叨你？
誰敢催促你？

「你李姨家兒子王××，你還有印象嗎？小時候你倆還總在一塊兒玩呢，那孩子前兩個月剛好回國，現在在證券公司上班，上班就是經理級別。你李姨想讓他明年就結婚，這不篩選相親對象呢嘛，第一個就想到你了，你週末把時間空出來，跟媽一塊兒去見見？」

「不去，見什麼見，小時候我就不太喜歡他，再說我現在每天工作忙得昏天黑地，哪兒有時間談戀愛，更別說結婚了。」

「你都多大了，你不想談戀愛，馬上三十了再不結婚以後誰要你，誰管你啊？」

「我這麼大個人了用誰管，我自己每個月有薪水，年底有獎金，我自己養活得起自己。」

「你是自打畢業就吃著家裡，住著家裡，哪天你自己搬出去感受感受，就你那點薪水，自己在外都活不過半年。」

「將我是吧！明天我就搬出去！我就一人在外孤獨終老！」

無論是一個人變老，抑或兩個人一起變老，終究還是會變老的，關鍵是，你要孤零零變老還是在戀愛中變老。

年輕的時候禁得起一次又一次的失戀和挫敗，年紀大些以後還是可以一次又一次重新站起來，甚至浴火重生嗎？抑或三十歲過了一半就只想鳴金收兵？江湖險惡啊，還是趁早歸去好了。

戀愛其實也挺累的，幸好大部分人都樂在其中，直到戀情褪色的時候，才會覺得疲累，然後在心裡跟自己說：「我一個人挺好的。」

所謂的一個人挺好，也需要強大的支持。比如說，你有個幸福的家庭，和父母兄弟姊妹的感情特別好，這樣的你根本不假外求，可以和親愛的姊姊或者妹妹一起變老。你們絕對不會有一天厭倦對方，也不會背叛彼此，你們可能會常常吵架，但最後總會和好。你們在旅途上可以同睡一張床，可以分著吃一杯冰淇淋，你們甚至可以一起泡澡，你們可以分享所有的秘密，不必擔心會有如同陌路的一天。

萬一沒有一個可以和你一起變老的姊姊或者妹妹，只能孤軍作戰，那你必須強大。

有一個單身女孩，二十多歲，日子過得挺好，可她的家人老是嘮叨她，要她找個伴。她說，她耐得住寂寞，她也不想隨便找個人戀愛，可她愈來愈受不了家人的催促。

那是她還不夠強大吧？

當你足夠強大，誰敢嘮叨你？誰敢催促你？你一個人過得那麼好，又自主又獨立，不需要任何人養你，誰會擔心你孤獨終老呢？他們只會說，你這麼聰明，你自己會有打算。

要是家人不停嘮叨，不停對你說你是時候結婚了，那是你的經濟條件還不夠好，你還不夠棒。要是你足夠棒，誰敢過問呢？他們頂多只會偶爾探聽一下你一個人過得好不好，有沒有談得來的異性朋友。

你親愛的父母只會偶爾非常婉轉地提點你說：「女孩子還是要有個伴的啊。」

強大吧！那你就不需要被催婚或者讓人覺得你一個人很可憐。

幸福吧！那你就不是必須戀愛。

如果可以選擇，誰又願意一個人變老呢？

在戀愛中變老也挺幸福的吧？有些女人無論失敗多少回，無論臉上添了多少皺紋，依舊窮其一生追逐愛情。

有個朋友，年過六十了，幾年前失戀，人的確也老了，早已經不是當年那個風姿綽約的女子，可她還是在等待愛情。那個在等待愛情的她，心理年齡大概只有二十七八歲。

她會等到嗎？抑或等不到了？就好像一個人在一個荒涼的車站等車，最後一班車早就開走了，只是她不知道。起風了，天色已晚，她還是像個少女一樣，穿著厚厚的大衣，戴著毛帽子，揉著雙手，蹭著腳，痴痴地等。這時，往事如若湧上心頭，她會不會跟自己說：「那時候為什麼不愛那個人呢？他挺好的，那麼喜歡我，願意等我，願意為我做任何事。」

車始終沒來，寒意漸深，她摸摸凍僵了的鼻子，咬咬牙，跟自己說：「可是，我不愛他，又有什麼意思呢？」

一個人變老和在戀愛中變老，有時候竟是同一個意思。

終於等來了一個佛系情人節

情人節有沒有花我都ＯＫ，
有的話我拈花微笑；
沒有花，我也照樣微笑。

相愛的人不需要情人節，他們每天都是情人節；失戀的人痛恨情人節，恨不得這天把街上所有成雙成對的人都拆散。單戀著一個人，情人節變得太苦澀了，所有歡笑都跟自己無關。假若是一段見不得光的感情，情人節根本就是受難節。

既然恨它的人比愛它的人多，那到底為什麼還要過情人節呢？誰喜歡啊？花店喜歡情人節，餐廳喜歡情人節，巧克力商人喜歡情人節，百貨公司也喜歡它，我們喜不喜歡情人節，要看彼時的狀況。

形單影隻的時候，誰喜歡這一天呢？成雙成對的時候，錦上添花又何妨？

聖誕節、新年和情人節前通常是分手的高峰期，不愛你了，受夠你了，再也不想拖下去。濃情蜜意、成雙成對的佳節將至，不想再勉強自己，也不想欺騙你，提前跟你說一聲，到時不跟你過了，早分開早投胎，各自安好。

大部分人的情人節都好像傷感的時候更多；幸好，今年有點不一樣，今年流行佛系呢。漫天的佛系浪潮中，我們終於等來了一個佛系情人節。

你陪不陪我過情人節我都愛你，反正，你來或者不來，情人節都在那兒，不會增加一天，也不會減少一天。

有沒有情人都沒關係，佛陀就是我的情人。修女嫁給上帝，我嫁給佛陀或者上帝都ＯＫ。

情人節有沒有花我都ＯＫ，有的話我拈花微笑；沒有花，我也照樣微笑。單戀著某個人，他知道或者不知道又有什麼關係呢？他知道而裝作不知道，那就是不知道；他不知道，那也是不知道。他知道或者不知道，我的這份單戀還是在那兒。喜歡一個人為什麼要讓他知道呢？我自個兒覺得歡喜不是更好嗎？

你選擇情人節前一天說不愛我了，我不哭就是。你回心轉意，我也不會狂喜。色即是空，男色女色都是一場空。

這天分手或者不分手，一個人過或者兩個人同床異夢都無所謂，反正都是夢幻泡影。

我和你誰首先提出分手都沒關係，繼續或者不繼續其實都不那麼重要，你幸福就好，你的幸福也是我的幸福。

要是今年情人節只有我一個人吃飯，我就用手機點一頓精緻的外賣好了，到時候有人送來熱騰騰的美食，我連碗都不用洗，喝一杯，吃飽去睡，和美味互相取暖。

不想一個人吃飯，跟閨密去吃燭光晚餐也ＯＫ。戀愛太不自由了，難得恢復單身，盡量活在當下吧，明年我忙著戀愛就不能常常跟你們玩了。

這個情人節，情人，有或者沒有，都不執著；愛情，濃或者淡，都隨緣。節日，過或者不過，都可以。

曾經你對所有人說你現在愛著的人是全世界最好的，若干年後，你卻愛上別人，嫁給別人，和另一個人終老。所有曾經最好和最愛的，都如夢如幻，你甚至不記得自己這樣說過。說過又怎樣呢？當時的確是這麼相信，以為除他以外再也不會愛上任何人，然後有一天，才發現他缺點太多，他也沒珍惜你。

愛的時候，盡歡，盡興，盡情，所有那些美好的日子，每一天每一刻都是情人節。不愛了，也不是仇人節，而是我們過不下去了。後來的後來，甚至連你的生日都忘了，哪裡記得某年的情人節怎麼過呢？

這就是無常。什麼都會變，你在乎或者不在乎，無常都在那兒。

在這個佛系情人節，終於不害怕單身，也不害怕一個人過了。佛陀拈花微笑，多少人看明白了？覺悟是福氣，也是智慧。
再難過的一天，都會過去。

那個能和你聊到天長地久的人，才是對的人

他是可以愛的，
他是可以度餘生的，
他是可以聊天的，
他是可以陪你無聊的。

聊得來的不一定能夠成為戀人，聊不來的卻肯定連朋友都做不到。

我有幾個很要好的男性朋友，我們有說不完的話，甚至可以每晚通電話，一說就一個小時以上，可是，我們從來不來電。

聊天是一回事，愛情卻遠遠不只是聊天，又不能不聊天。

和朋友之間，尤其是異性，聊天的內容往往很豐富，也不無聊，說著說著一旦感到無聊，就知道應該下次再聊了。然而，戀人之間的聊天，既可言之有物，更難

得的是言之無物，卻也樂在其中。

他說了個糟透了的冷笑話，你取笑他的笑話不好笑，然後他為他的笑話辯護。下一次，他又會說一個糟透了的冷笑話，然後被你翻白眼。

他問你：「你在幹嘛？」

你回答說：「沒幹嘛。」

他接著問：「為什麼沒幹嘛？」

你說：「你幹嘛想知道我幹嘛沒幹嘛？」

這是一串多麼無聊的對話？你卻會一邊說一邊甜甜地笑。在你和他心中，那不是一般的無聊，是總能夠心領神會的無聊，是機智幽默的無聊。

戀人的無聊是調情，也是彼此親密的方式。

是有那麼一個人，你跟他有很多話說，從來不需要刻意去找話題。

是有那麼一個人，對著別人沉默寡言，唯獨對著你滔滔不絕。

是有那麼一個人，跟別的人聊不來，跟你卻很能聊。

是有那麼一個人，就是喜歡跟你說話，也喜歡聽你說話。

是有那麼一個人，有些故事他明明說過很多遍了，你還是願意再聽一遍。

是有那麼一個人，一起那麼多年了，兩個人依然可以在電話裡聊三個小時。

是有那麼一個人，時不時會被你發現他原來沒有把你說的話全都聽進去，你生氣了，說他不留心聽你說話，可是，明天你還是會跟他說話，他始終是最好的聽眾。

是有那麼一個人，會跟你拌嘴、吵架和冷戰，但是，超過一天見著而不跟他說話你都受不了。

是有那麼一個人，你覺得你可以跟他聊到天荒地老，聊到海角天涯，兩個人說著說著直到兩鬢花白，牙齒都掉光光了。

是有那麼一個人，忙了一天，想喘口氣，你會想起他，給他打個電話。

「找我有事？」他問。

你說：「沒事，就找你聊天。」

是有那麼一個人，讓你擁有了沒事也可以找他聊天的幸福。

他是可以愛的，他是可以度餘生的，他是可以聊天的，他是可以陪你無聊的。

然後，你回想起你愛過的一些人，一開始都很能聊，後來的後來，再也找不到話說了。

有個人，原來並不是你和他很能聊，而是當他追求你的時候他願意遷就你所有的話題。

有個人，曾經無論你說什麼他都能跟你說上半天，兩三年後，彼此的話愈來愈少了，你說什麼，他始終是一副絲毫不感興趣的樣子，只是回答那麼一兩句。你害怕失去他，於是努力找些話題迎合他，每次開口你會說：「好好笑……」然後說著別人的故事、別人的八卦。

直到一天，你連「好好笑……」這三個字都說累了，說到看不起自己，說到哀傷，他依舊不笑。

不是一天，不是一年，那個能和你聊到天長地久的人，才是對的人。

那個據說和老闆有一腿的女人……

看不得別人好的人太多了，
不會因為你哭泣而減少，
只會因為你強大而不敢再欺侮你，
轉而去欺侮別人。

我有個女性朋友，外國名牌大學畢業，人長得好看，成績優秀，極為聰明，從第一份工作開始，沒有一個老闆不喜歡她，沒有一家機構不重用她。她很年輕就已經鋒芒畢露，流言蜚語也從沒停止過，都說她和每個上司都有一腿，說她是個不擇手段靠男人上位的蕩婦。

一開始，她對這些流言視而不見，然而，當她愈來愈成功，流言也變得愈來愈可怕，甚至有人說她的睡房就連天花板都鑲滿鏡子，她帶男人回家開會是在睡房的床上開的。

她那麼優秀，那些和她一起工作的男人之中，追求她的當然不少，她也愛上過幾個很棒的男人，可她剛好真的沒有愛上過她任何一個老闆。人堅強的時候，受得住所有的攻擊和傷害，可一個人總難免會有軟弱的時候，一旦軟弱，就會覺得憤怒、沮喪和無助。

既然你們說我靠的是外表而不是實力，那麼，要是我的外表不是這樣呢？

有一段時間，她故意暴飲暴食，本來身材苗條的她，一下子胖了四十斤。這下可好了，她喜滋滋地說：「我這麼胖，肯定再也不會有人說我得到的一切是靠男人了吧？」

一個優秀的女人，有幾分姿色，在工作上一帆風順，而老闆剛好是個男的，這種「她和老闆肯定是有一腿」的謠言，什麼時候停止過？無論她多麼努力去表現自己，別人才不願意相信她真的有那麼出色。

不必憎恨那些製造謠言的人，這世界本來就是如此。誰曾告訴你這是個美好單純的世界？學校裡不也一直有人被欺凌嗎？你肯定也聽過有人告訴你某個女同學水性楊花，某個女同學特別容易和男生好……學校的欺凌是人的本性之惡，成人世界的欺凌是人的生存之惡，有些人就是看不得別人好。

你以為漂亮的女生都和老闆有一腿嗎？你太傻了，和老闆有一腿的，很多都是不漂亮的女生。漂亮的女生選擇太多了，她那麼聰明，那麼驕傲，她不需要，她也不願意。

你以為老闆重用一個女人是因為她長得漂亮嗎？別傻了，外面難道沒有比她漂亮的女人嗎？老闆重用她是因為她能幹，這些男人又不是傻的。

有一天，當你接受嫉妒和殘忍是這個世界的一部分，你也就能接受所有那些攻擊你人格、名譽和能力的謠言。比方說，你從未和某人單獨吃過一頓飯，你和他吃飯的次數加起來不超過五次，而且每次都是一大夥人。可是，仍然有人言之鑿鑿地說看到你和他單獨吃飯，而你不停向他放電。這個人又說，你老是喜歡做別人的情婦，說你是人間昆蟲，沒有男人就沒有今天的你。這些中傷你的人就好像躲在你的床底下，對你的生活如數家珍，可你和他從來只是點頭之交，甚至從未單獨見過一面。

看不得別人好的人太多了，不會因為你哭泣而減少，只會因為你強大而不敢再欺侮你，轉而去欺侮別人。

作為一個優秀、長得不難看而又沒有背景的女人，在為事業和夢想打拚的路上，怎麼可能躲過所有的風言風語呢？人在江湖漂，哪兒能不挨刀？人生何處不是江湖？人生又有何處不是道場？活著就是把江湖當成道場，練就金剛不敗之身。

請你不要敗給這世界；唯其如此，你才會看到這世界光明的一面。

分手費要還是不要？

感情沒有一個價位，
錢可以做的，
只是把事情變得公道些。

分手費要還是不要，也許就像「To be or not to be」（生存還是毀滅）那樣，是個千古難題。

C小姐是個小助理，中學畢業的學歷，她男朋友每個月賺的錢是她的好幾十倍。兩個人一起七年，男人以前有過一段婚姻，吃過苦頭，再也不願意結婚了。可是，C小姐是想結婚的，七年裡，兩個人為了這事不知吵了多少遍，C小姐屈服了，沒有再提起。

時間終究還是沖淡了感情。這個男人不愛她了，這天，他冷靜地向她提出分手，但是，他也說會給她一筆錢。這麼看來，他早就想好怎麼做了。

C小姐慌了，第二天召集了幾個閨密開會，這筆分手費是要還是不要？

一開始她是不想要的。不想要，因為她不想分手，拿了錢，就意味著她得離開。

可是，朋友們的意見卻全都跟她相反。

旁觀者清，大家都看得很清楚，即使不要一分一毫，也不見得留得住這個男人。忠實的閨密甚至老實告訴C小姐，說她太不爭氣，早就跟她說過，這個男人條件那麼好，她自己也得上進些才是。可C小姐一向是個沒有什麼上進心的人，成天懶洋洋的，從不去進修和增值自己。兩個人住在一起那麼多年，她那麼清閒，卻連飯都沒做過一頓，只會坐在家裡等男人下班回來陪她。

一個不長進的女人和一個一直為事業努力的男人，差距也愈來愈大，漸漸無話可說了，分手是早晚的事。

C小姐本來就不是個聰明人，沒看清楚現實，竟然以為那個男人永遠不會走。

「分手費當然是要的。」閨密們下了一致的結論。

C小姐著實難過了很久，閨密中居然沒有一個人鼓勵她做個清高的女人，也沒有一個人鼓勵她留下，都叫她快點拿錢走人。

想不走也是不行的。

最後，這個男人把一筆現金和股票轉到她名下，等著她搬走。

比起那些問女人拿分手費的男人和那些離婚時想方設法少付贍養費的男人，這個男人其實也是個好人了。當然，他也有自己的算盤。

跟一個女人一起七年，這個女人也不年輕了，給她一筆錢，兩不相欠，這個女人也不該怪他什麼了；而他給了錢，也就再不能說是誰對不起誰了。

他給分手費，因為他是比較有錢的那個人。分手費，是補償，也是饋贈。女人收了分手費，他就不再內疚，他可以說：「我不欠你什麼了。」

然而，她要是堅決不收，他不見得就會一直內疚。

這筆錢，收還是不收，人都是要走的。

感情沒有一個價位，錢可以做的，只是把事情變得公道些。

他主動給你和你開口要，是兩碼子事。他也許並不是想用錢打發你，他不給你錢，要走還是會走的。他要是個好人，是想盡最後的道義照顧你，給你一份禮物。他知道，你以後的路也許不好走，你賺的錢沒有他多，他甚至很清楚你多半找不到一個比他好的。

當然，男人心裡也是有算盤的，收了錢走人，一別兩寬，雖然只得一個人歡喜，但是，收了錢的那個人也就不該說另一個人的壞話了。

分手費要還是不要，要了是不是不清高，每個人的處境也不一樣。我有兩個大學同學，一個男的，一個女的，是很好的朋友，畢業之後一直保持聯絡。女同學是個美女，有一份薪水很高的工作，嫁的丈夫也有些錢，兩個人生了兩個孩子，她懷著第三胎的時候，丈夫變心了，堅決要離婚。

她去找這個男同學訴苦，男同學是個見過世面的男人，一聽就知道這段婚姻挽不回了，他也了解男人，他勸女同學這時候盡量拿錢就好，回家馬上調查一下老公有多少現金和不動產，有多少投資和生意，有沒有其他銀行戶頭，等等。他是為她著想，知道一個女人帶著孩子不容易，以後還要面對許多現實的問題，沒想到女同學一聽就非常惱火，說他太功利，從此跟他絕交。

我不知道她離婚的時候有沒有拿錢，或者拿了多少錢。男同學跟我提起這事的時候，始終覺得自己很無辜，他明明是為她著想，為什麼竟變成一個功利的人呢？

分手費要還是不要，是很個人的事。當你拒絕，最好不要後悔；當你接受，也不要把它當成你失去若干年青春的補償。假使那是青春的補償，不免有點卑微。也許，把它當成一筆遺產吧。那就等於一個富翁死後分配遺產，除了親人，他也許會留一份給某個指定的人，這個人對他是有過意義的，這是他送給對方的最後的情意。

那個拿了分手費的C小姐後來怎樣了呢？在閨密們的建議下，她用分手費加上自己的一點積蓄，買了一幢房子，那原本只是一百萬的分手費現在翻了幾倍，變成幾百萬了。男人和她分手後很快就有了女朋友，到現在還在一起，只是始終沒結婚。C小姐一直沒有男朋友。

假如要你用四個字來形容愛情，會是哪四個字？

你所執著的、你所眷戀的，都會壞掉，不留什麼。我們能留住的，只是回憶，也只有回憶了。

假如要你用四個字來形容愛情，會是哪四個字？

人生不同的階段，用的字應該會不一樣吧？

二十歲，那四個字是刻骨銘心。

三十歲，是生死相許。

四十歲，是廝守終身。

四十歲以後，刻骨銘心、生死相許、廝守終身也許都經歷過了，這時候，也比年輕時更了解愛情和人生，如果只能夠用四個字，我會說是成、住、壞、空。

成住壞空，就像一篇文章、一部小說、一齣戲的起承轉合，有了起承轉合，故事才好看。起承轉合也就像春夏秋冬，春天萬物生長，夏天盛放，到了秋天，漸漸凋零，進入冬天，一切枯萎。這就是大自然的規律，你無須覺得傷感。冬天過去，春天又會再來，周而復始。

不好的愛情、終歸失敗的愛情，固然是成住壞空，最後天涯陌路，此生不見。然而，即便是美好的愛情，甚至是所有的深情，也逃不過成住壞空。

相遇相識、熱戀、相愛、相依相伴，想和你過尋常日子，想和你牽手走下去……然而，時間一長，愛情沒那麼新鮮了，吵架、冷戰、彼此怨懟、鬧分手、捨不得你，還是最想和你在一起……百轉千迴，兩個人走過萬水千山，從年輕一直到老，你已滿頭白髮，我也老眼昏花，還是會吵嘴，但不會再想分開了。

可是，最後，死亡還是會把我和你分開。

若是不幸，在死亡之前，疾病也會讓你或者我把對方完全忘掉。你若老年失智，將不再認得我，一天，你會久久地看著我，臉露困惑的神情，問我：「你是誰？為什麼會在這裡？」

你不會從第一天就認不出我來，而是慢慢地，慢慢地想不起你愛過我，想不起我是誰，你甚至想不起自己是誰。

有幾種病都會使人忘了自己，也忘了身邊的人是誰。

誰愛過你，你又愛過誰？誰曾刻骨銘心愛過一個人？誰曾答應和你生死相許、廝守終身，永遠也不分開？

多麼遙遠的往事。

成、住、壞、空，終於走到最後一步了。

當你忘記往事，認不出眼前人，當這具肉體衰朽，一切又歸零。愛過的、恨過的、怨過的、執著過的，歡笑和淚水，都化作虛空；它們本來就虛空，是你以為可以把握而已。

我們追求穩定，我們追求永恆的愛情，到頭來，姹紫嫣紅開遍，似這般都付與斷井頹垣，我們苦苦追求的東西從一開始就是不存在的。青衫已老，愛情原來是一場虛妄，一如人生。

你所執著的、你所眷戀的，都會壞掉，不留什麼。

我們能留住的，只是回憶，也只有回憶了。

然而，去愛、去恨、不顧一切奔向愛情的那個自己，那個曾經的自己，也將永留回憶裡，直到回憶也留不住。

當你慢慢看懂世事，當你走過幾度寒暑，看過許多遍春去秋來，你再也不會悲傷。到了那一天，忍住眼淚，微笑道別，轉身離去，下一生下一世，無論再見或者不再見，也只是把成、住、壞、空從頭再走一遍。

給戀愛中的女孩子的五個忠告

盡量記住這五點忠告吧。

都說戀愛中的女人最漂亮，可是，戀愛中的女人也很盲目吧？當你愛上一個人，你就會變蠢，至於變得聰明，那是後來的事；有些男人，的確是會讓你變聰明。

戀愛的時候，要完全不盲目是不可能的，但是，盡量記住這五點忠告吧。

相信愛情，但不要依靠愛情

要是不相信愛情，又怎麼可能全心全意去愛呢？無論我們受過多少次情傷，當愛情來臨的時候，當它還沒變壞的時候，總是幸福的。愛情在你手上的時候，盡情去享用，盡情去付出吧。可是，請你不要依靠愛情。

愛情是那麼美好的東西，可它也是那麼多變的、不可靠的東西。要是你完全依靠愛情，以為這段愛情和這個男人可以給你一切，可以滿足你人生所有的渴求，也永遠不會離開你，那是多麼危險！

什麼都會變，愛情也不例外，你可以讓他覺得你想依靠他，可是，請你告訴自己，唯一可以依靠到最後的，是你自己。

就算他是那麼好、那麼愛你的一個人，誰知道以後的事呢？要是有一天再也不能依靠他，你至少還有你自己。

你是你自己的地老天荒。

做最真的你

最真的你也許沒那麼好，可這就是你，要是戀愛的時候一直要偽裝，那多累啊。睡覺就睡覺吧，別往臉上擦什麼素顏粉了，一開始你還有動力去做，一年後你都累了。告訴你吧，男人根本傻傻分不清，他們也許看得出素顏和濃妝的分別，但是絕對看不出素顏和淡妝的分別。

沒有自信的你，又怎能夠坦然去愛和被愛呢？一個男人愛你，先是愛上你的外表，然後是你的性格；外表再美，無法和你溝通，又怎會長久呢？

做最真的你，不是說你要蓬頭垢面，只是想告訴你，你不需要偽裝。沒有人可以偽裝到底，要靠偽裝得來的愛，又能有幾分真？

我自己賺麵包，你給我愛情就好了

幾年前有個經濟學家發表了一個理論，他說，房價那麼貴，是因為單身的女人愈來愈多，而且她們都自己買房子。

經濟學家這套理論一出來就挨了一通罵，可是，私底下我們都覺得他並非完全沒有道理。女人的危機感特別重，也特別缺乏安全感，即使有愛情，也害怕有天人老珠黃沒人愛，又害怕孤獨終老，於是，賺到錢會去買房子。有了房子就沒有後顧之憂，戀愛的時候，男朋友搬進來和她一起住，分手的時候，是他打包走人。沒有了愛情，她還有錢。

房子並不是唯一的麵包，一個女人的事業和積蓄也是她的麵包。當你擁有麵包，你才有更大的自由去選擇愛情，你不必為了生活而委屈自己。

當你有麵包而只要愛情，那麼，他給你的愛情也得配得上你的麵包。我是用天然酵母、有機麵粉、法國黃油和海鹽做的麵包，你的愛情怎麼能夠吝嗇和寒磣？又怎麼能夠把我的眼界變小呢？我為什麼愛你？是你讓我成為更好的我。你必須給我最好的愛情。

知識才是你最好的伴侶

無論如何，不要放棄追尋自我，不要放棄上進。戀愛的時候可以偶爾偷懶，但是最終你還是要成為一個更好的、更有趣、更值得愛的女人，讓他知道珍惜你，讓他知道失去你是他的損失。

你要有底氣

要是他待你不好，要是他沒你愛他那麼愛你，要是他喜歡了別人，別等了，打包走人吧，別為他蹉跎青春。你的青春、你的微笑、你的愛，值得一個更好的男人。一時三刻捨不得，那就給自己一個期限吧，期限一到，揮手道別，以後就別再見了，我又不依靠你什麼。

餘生很長，也很短

再怎麼愛一個人，
餘生的漫漫長路不還是得一個人走下去嗎？

日本厚生勞動省發表了二〇一七年全球人口平均壽命報告，香港再一次成為全球男女最長壽的城市，女性平均壽命是87.66歲，男性平均壽命是81.7歲。

看到這份報告，大部分香港人不是高興，而是惆悵。天啊！真的得活這麼久嗎？我的錢夠用嗎？足夠度餘生嗎？到時候會不會太孤單啊？會老成什麼樣子啊？長壽並不表示健康。香港的醫療做得太好了，這是香港人的平均壽命得以高踞全球榜首的原因。

我一個老同學守寡多年的媽媽，得了糖尿病、高血壓、心臟病和腎臟病，人生在世最後的二十年，這個可憐的女人飽受病痛的折磨，每一次病重被送進醫院，她兩個女兒都以為她這次不行了，結果，每一次，醫生都把她救回來。

她痛苦，但依然活著，只是身體愈來愈差，先是一條腿受感染要切除，得坐輪椅，然後是無法自行進食，得用胃管輸營養奶維持生命，這樣又拖了兩年，活到八十六歲才終於能死。她守寡四十七年，守寡尚可忍受，但是，身體的苦，兩個女兒再多的愛和關心也無法替她減輕一分。

我時常想，一個吃了很多苦也無法活下來的人和一個吃了很多苦也死不了的人，到底哪一個更慘？

我們不介意長壽，但是，沒有品質的長壽肯定是折磨吧？詛咒一個人，最毒莫過於希望他長命、多病又沒錢。

再看看日本厚生勞動省的這份報告，讓你更感惆悵的，是男性比女性短命了六年。

愛著一個男人的時候，我們總是橫蠻地警告他：「你不能比我早死。」可這事是你和他說了算的嗎？

再怎麼愛一個人，餘生的漫漫長路不還是得一個人走下去嗎？

我的一個女性朋友很看得開，她丈夫愛喝酒，丈夫的父母只活到七十多歲，一個糖尿病，一個癌症，從這樣的遺傳基因看來，她丈夫相當危險。相反，她自己的父母還活著，八十歲了，身體好得很，她的祖母活到一百零一歲，是老死的，沒得過什麼大病，一百歲還天天吃法國巧克力，每個星期上茶樓吃點心和叉燒飯。

她家的基因太強大了，餘生大有可能是一個人走下去，搞不好隨時活到一百一十歲。所以，她早早就替丈夫買了一份人壽保險，萬一他先死，也能造福老婆，總算不枉他老婆忍他忍了那麼多年。

女人的壽命愈長，廝守終身的盼望是否也就更渺茫呢？

這一生，好不容易遇到一個愛的人，他也愛我，說好了不分開，說好了要一直在一起，說好了白頭到老，說好了共度餘生，說好了他不許比你早死，可是，有一天，他就這樣離開了。曾經以為餘生很長，沒想過餘生那麼短。

一個人的餘生也是餘生，但是已經不一樣了。

我們從來就學不會珍惜，我們總以為明天會再見，我們心裡想著明天我才會原諒你，可是，有時候就是沒有明天。

明明知道要珍惜，還是會忍不住對你發火，還是會有自私的時候，還是對你不夠好，也不懂你的好，還是會埋怨你沒有愛我更多。

愛是什麼？是我明明可以獨立卻依賴了你，終要告別的時候，我又得重新學會獨立，明白了餘生再也沒有可以依賴的人。

說與不說

這世界已經那麼不容易，
兩個人一起，說些好話、說些溫暖的話，
不是比起難聽的真話更好嗎？

情侶之間，有哪些話該說和不該說，又有哪些話可以說和不可以說，其實從來不容易把握。

人生若只如初見，當然都懂得說好話，可是，時間一長，怎麼可能每天都對你說好話呢？

有時明明知道有些話不該說，說出了口，自己舒服了，對方卻會受傷。可是，明知不該說的還是忍不住說了，畢竟是人，有喜怒哀樂，在戀人面前不想掩飾，想說就說。

吵架的時候，最難聽的話都說出了口，一旦說出口就收不回來了。即使明天和好如初，但是，心裡也許永遠記得他說的一句話傷害了我；尤其是女人，記性太好，會一直記住，每次吵架都會拿出來，埋怨對方曾經這麼說過。

然而，有些話，明明應該說，卻又沒說，或者不想說。你不說，他又怎會知道呢？可我們總以為，要是他愛我，不用我說他也會猜到我心裡想什麼。這種想法多傻啊！

都什麼時代了！有話直說不是更好嗎？讓他猜，他猜不到，你又傷心又生氣，不如坦白告訴他你怎麼想的。今年生日想要什麼禮物，直接說吧，別等著他猜了，現實生活不是電影，你的他也不是浪漫愛情電影的男主角，會在你生日那天給你送上讓你感動得哭出來的驚喜。

要是不想收到不喜歡的生日禮物，不如乾脆告訴他，你今年想要什麼。除非你的男朋友是形象設計師或者美術指導，否則，千萬不要輕易相信男人的潮流觸覺和時尚品味。如果想要一個包包，得說清楚是哪一個包包，或者索性自己去買回來給他送你。男人挑的包包通常只會讓你無語也無奈，我收過，所以我知道。最可憐的是，明明不喜歡的包包，因為是他送的，還得表示喜歡；而為了表示喜歡，無論如何也要拿出來用三兩次，然後永遠收起來。

有些時候，有話直說更好；可有些時候，有話最好別直說。他送的禮物你不怎麼喜歡，最好也不要說出來。他畢竟花了心思、時間和金錢去討你歡心，希望你快樂，那你又何妨說句好話？

兩個人一起的日子久了，彼此的缺點都很清楚，放在心裡就好，不必直斥其非。你不想他這樣對你，你也就不要這樣對他。同一句話，氣在頭上的時候說和過幾天冷靜些才說，效果是完全不一樣的。有些缺點，你不想對方改過，那就在氣在頭上的時候說吧，結果會相當明顯——他明知道錯也不會改。

想罵他的時候，在心裡先數十秒，或者在心裡先罵一次，然後，真的就不想罵了。

這世界已經那麼不容易，兩個人一起，說些好話、說些溫暖的話，不是比起難聽的真話更好嗎？

沒有人會喜歡聽到另一半說：「你老了啊，皺紋多了很多呢。」我們寧願聽到的是：「你沒老啊，還是跟以前一樣。」哪一句是真，哪一句是假，都不那麼重要，只有我們在一起才重要。

Chapter 4

只要你夠強大就好

很想和你在一起

與其苦苦分辨自己對這個人是哪一種感情，倒不如相信自己的感覺。

對這個人，到底是喜歡還是依賴？是愛還是喜歡？是需要還是愛？這幾種感情真的很難分辨嗎？

當你為這些問題苦惱，也許你是不夠愛；當你的愛足夠，這些問題不會困擾你，你就連想也不會去想。

是喜歡抑或依賴？是愛抑或只是喜歡？是愛抑或不過是需要？這些感情根本無法分辨，也不需要去分辨。喜歡一個人就會想依賴他，愛一個人當然也包含喜歡，你不可能愛一個你不喜歡的人；當你愛這個人，你也就需要他。

你真正害怕的，是你只是喜歡、依賴和需要這個人，而不是愛他。原來是不愛他的，那就白白耗掉了青春和時間。

與其苦苦分辨自己對這個人是哪一種感情，倒不如相信自己的感覺。

愛一個人是什麼感覺？不過就是這七個字：

很想和你在一起。

你對他有這種感覺嗎？

要是這個人不在身邊的時候你不會特別想念他，開心的事你沒有想要立刻告訴他，想哭的時候你想到的不是他的肩膀，他快樂或者不快樂，你其實不那麼在乎，這個人，你肯定是不愛的。

一生中，你是會遇到一個或者幾個男人，他喜歡你，待你很好，對你一往情深。你知道他是個好人，他條件也不錯，可你就是沒法愛上他，你甚至連試著去愛他都不願意。他是雞肋，食之無味，棄之可惜。偏偏這時你身邊沒有別人，你喜歡的人沒喜歡你，你愛的人愛著別人，於是，這個人就留在了你身邊。

如何去判斷是愛還是依賴？愛一個人，不都對他有一份依賴，不都想依賴他嗎？

有個可以依賴的人，那多好啊，多幸福啊。

然而，當你長大些，當你老些，你會變得獨立，你會知道依賴任何人都是不安全的。你還是會依賴他，但你也能夠獨立，即使有一天失去了這個人，你也可以好好活下去。

愛一個人，總會想依賴他，想在他身上得到安全感。漸漸長大，愛過幾個人，一次又一次受過情傷，然後知道，女人既要懂得依賴，也要能夠獨立；要知道誰可以依賴，也要知道哪一刻必須獨立。從習慣依賴到慢慢學會獨立，從依賴一個人到明白依賴是危險的，甚至是孤獨的，這是每個女孩子要走過的路。

明明知道依賴是危險和孤獨的，愛的時候，你還是會依賴身邊的他，每件事情都想聽聽他的意見，燈泡壞了喊他過來幫你換一個，擰不開的瓶蓋都交給他，想吃什麼拉著他陪你去吃，累了挨在他身上睡一覺，哭的時候只對著他一個人哭，想找人欺負就去找他，被人欺負也去找他，生病的時候讓他照顧你，兩個人一起去看世界，一起去搜購家裡的東西。

是有這麼一個人，如此可靠，是你想依賴的；當他需要依賴你的時候，你也會對他敞開懷抱，這就是愛吧？愛是彼此的依賴，而不是單向的倚靠。

很想和你一起，因為你就是我想要依賴的人。別人都以為我很獨立，可是，愛上了你，我不想從你身邊走開。或許有一天我要重新學著獨立，但是，在那一天來臨之前，我就盡情依賴吧。

當際遇偏愛你，你自然會遇到那個你無須問自己是愛他還是依賴他、是愛他還是喜歡他、是需要他還是愛他的人。

可惜，際遇不一定偏愛你。

那個你並沒有很想和他在一起，那個如同雞肋、暫時留在身邊的人，你也許終究會和他分手，也許不會。當你老了，累了，沒有別人，只剩下他，你也許就會向命運投降，把他撿起來，學著欣賞他的好。幸好，還有他；也很不幸，只有他了。

當三姑六婆問你為什麼還不結婚

唯有幸福的，
才能夠稱為歸宿。

一旦過了所謂適婚年齡，你明明活得挺好的，卻總會有一些無關緊要的人問你：「結婚了嗎？為什麼還不結婚？」

既然是無關緊要的人，當然並不是出於關心，而是好奇。他們很好奇為什麼你都一把年紀了還不嫁出去，是沒人要你呢還是有什麼隱衷？

你本來有一連串的話想衝他說，譬如下面這幾句：「我結不結婚關你什麼事？我爸媽都沒問我。我不結婚礙著你了嗎？我都不關心你的事，你幹嘛關心我嫁不嫁？」

可你畢竟是個有教養又善良的人，只好把話盡量說得婉轉些。

你臉帶微笑，告訴這些好事之徒和三姑六婆：

「我愛自由啊！單身有什麼不好？」

聽到你這麼說，對方也許會說：

「單身沒什麼不好，但是，女人總是要有個歸宿的。」

跟這種人說女人的歸宿不見得只能夠是婚姻，她的智商恐怕是無法理解的，不如依舊帶著微笑，告訴她：

「就是呀！所以我不想找錯歸宿，找錯了，以後就要時不時回娘家借宿了啊。要不，到時候我去你家借宿，你收留我好了。」

假如她還不罷休，臉皮也真的是太厚了。

要是你實在說不出自己喜歡單身，那就坦誠些，直接說：「我還沒找到一個我想嫁的男人，還沒有一個男人是我甘願為他放棄自由的，也沒有一個男人是我願意因為他而相信婚姻的。」

假如對方說：「你就是太挑剔，不要太挑剔啦。」

你不妨跟她說：「是結婚啊！能不挑剔嗎？能隨便嫁嗎？我看起來有那麼隨便嗎？呃，你為什麼說我挑剔？是我不該挑剔嗎？是我只配將就嗎？你真的這麼認為嗎？」

這麼說了之後，對方應該紅著臉跑開了吧？

你也可以對那些人說：

「我不想生孩子，我受不了小孩子啊！一想到要帶孩子就崩潰，我才不想當媽媽呢。」

這時，對方說：

「結婚不一定要生孩子啊。」

你反過來問她：「那我為什麼要結婚？我又為什麼要急著結婚？我離更年期還遠著呢。」

為什麼還不結婚呢？

理由太多了，以下的話你可以一一告訴那些好奇的人：

「我喜歡戀愛，只想一直戀愛到老。」

「我相信愛情，但還不至於相信婚姻。」

「戀愛不容易，可是，婚姻更難啊，失戀總比失婚好。」

「結了就不想離，懶得離啊，離婚比結婚累呢，所以我不急。」

「如果不是嫁給愛情，如果不幸福，結婚有什麼好呢？」

「我不害怕孤獨終老，只害怕一生平庸，只害怕窮病老死。」

「一生太短，只夠愛一人，就是我自己。」

「我不止愛著一個人，也不止一個人愛著我，但是，結婚只能跟一個人結啊。」

「還沒有人娶我，這不公道啊！你都能嫁出去，為什麼我就嫁不出去？」

說了那麼多，每個女人都有個不結婚的理由，你的理由也許是：「我愛的那個人、我唯一想嫁的那個人不肯結婚。」

留下還是離開？等還是不等？離開不一定幸福，等下去卻也不一定能夠等到。人的一生不是只有一種活法，並不是每段愛情都通向婚姻。每一個人、每一張笑臉的背後，總有一籮筐的不圓滿，但你心裡知道，唯有幸福的，才能夠稱為歸宿。

無論是嫁給愛情還是嫁給婚姻，最後也許同樣會失望

失望，也是會慢慢習慣的；
習慣了，就沒那麼失望了，
然後一次又一次，
學會不要總是希望別人為你的期望而努力。

「算了，他就是這樣，我又不是不知道。」每一次在心裡跟自己說這句話的時候，包含了多少理解，卻也包含了多少心碎和失望？

不渴求什麼，也就不會失望，真的是這樣嗎？可一個人怎麼可能不渴求什麼呢？一個溫存的微笑、一個深情的回眸、諒解、陪伴和安慰，甚至只是我喜歡的東西你也試著去喜歡，我討厭的東西你也會討厭，如此微小而細碎的渴求，是無論如何也捨不得放下的，於是只好學會失望。

可惜，失望也是有配額的。

當長久以來累積的失望到了一個臨界點，你突然就不愛了，你自由了；可你同時也覺得感傷。

是誰讓你失望？從來不是別人，而是你自己的期待；有期待，也就難免會有失望。

失望，也是會慢慢習慣的；習慣了，就沒那麼失望了，然後一次又一次，學會不要總是希望別人為你的期望而努力。愛情裡，甚至生命裡所有微小的失望，終究使我們學會一邊失望一邊微笑，一邊擦眼淚一邊高興自己再也不會被失望困擾。

這一刻還是愛你的，只是再也不會那麼容易被對你的失望困擾，就好像一個常常失眠的人終於可以每天晚上安然滑進夢鄉，不再害怕長夜寂寥。

曾經為誰哭又為誰笑？後來的一天，你再也不會那麼容易為任何人哭了，人生所有的失意和失望，所有的憤恨，都無所謂了，你頂多只會為自己哭。

誰又能夠毫無希望地愛著一個人呢？可有時候，只有不抱希望才會有驚喜，才能夠不在乎，才可以學著不要太執著。一次又一次心碎之後，成了浴火鳳凰，看出了凡有渴求就有失望，我們沒有金剛不壞之身，只能哄騙自己，跟自己說：「我先不要期望什麼，說不定就能得到什麼。」

期望太高，常常會失望；告訴自己不要有期望，反而會有驚喜。於是漸漸學會了，對別人，尤其是所愛的人，並不是不要抱有任何期望，而是不要去執著任何期望。我希望你怎樣怎樣，其實也是錯的，是自私的。所有的期望，常常是一廂情願，卻往往鬧得兩敗俱傷。

把希望寄託在彼此身上，總會有失望的時候，我們愛著的這個人，和我們心中以為的那個人之間，終究是有落差的。期望有多高，失望的一刻，也就有多大的折磨。於是漸漸學會了雖然想要些什麼，卻也要降低期望，學著雲淡風輕的瀟灑和不執著，不給你壓力，也不給自己壓力，至少表面上是這樣，慢慢也許就真的可以做到。世事不都是這樣嗎？能有，很好；沒有，就是沒有，說不定以後會有更好的，此刻所有的傷感和強求都是不必要的。

曾經那麼容易掉眼淚，每次失望也會傷心和抱怨，一天，學會了不失望，也就不會哭了。愛一個人，是一次又一次小小的甜蜜，也是一次又一次小小的失望與感傷。無論多少年了，明知道不會分開，可終究是兩個人，不見得能夠全然理解彼此。有時即使知道怎樣可以討對方歡心，心裡卻還是有氣，還是嘴硬，直到失去了才懊悔自己曾經太執著和倔強；錯過的，卻也回不了頭。

無論是嫁給愛情還是嫁給婚姻，最後也許同樣會失望。一生中，我們一再問自己，人為什麼要有愛情？可以不要嗎？婚姻又是什麼？是生死相許，是搭夥過日子，抑或漸行漸遠？當你有些年紀，看過許多陰晴圓缺，你終歸看出來了，情為何物？緣起性空。

再也不會被對你的失望困擾，並不是不愛你了，此生還是最愛你，只是，時光早已蒼涼了一顆心，這顆心終究變得波瀾不驚了，再也沒那麼容易受傷，失望的時候，還是會試著微笑，也試著去理解。

愛的反面不是恨

都不愛了，
結束了，
恨也是多餘的。

一直覺得「愛的反面是恨」這句老掉牙的話說不定寫錯了，曾經相愛，翻臉的一刻也許有恨，再過一些時日就不恨了。如果你愛過的是一個不值得的人，是一個不好的人，你也懶得恨了，恨也只恨自己愚蠢，恨自己年少無知，恨他幹嘛呢？明明是自己不知好歹一頭栽了進去。

愛的反面就是不愛。不愛你了，說不上討厭或者不討厭，只是從此以後各不相干，甚至不需要努力去忘記，因為你並沒有那麼難忘。

恨是一種執著，苦苦執著，時間長了就不願放下，就更恨了。愛的反面不是恨，而是不愛也不恨，再也不會執著和你有關的一切，你再也不能勾起我的喜怒哀樂，任世間花開花謝，我的人生再也跟你無關。

有些人在你心中已經說不上討厭或是憎恨，你對他再也沒有任何情緒，只是不會特別想見到這個人，再見無妨，不見更好，忘記亦可。

都不愛了，結束了，恨也是多餘的，不如另謀高就，或者韜光養晦，期待下回再愛個奮不顧身。你若是足夠聰明，你會知道，有些人終究配不起你的愛；既然他配不起你的愛，他也配不起你的恨。

你以為恨一個人不累嗎？那可累了，那得把自己和恨的那個人牢牢地拴在一起。

有些女人很奇怪，她說，她可以原諒所有人，就是不能原諒這個男人。她也許不是不能，而是不要，她就是不要，她可以不恨的，但她偏要恨，偏要讓他過得不好，要他知道她多麼恨他。

這種女人是否太天真了？你以為你恨著一個人的時候他就會過得不好嗎？別自以為是了，你的恨只有你自己覺得很重要，被你恨著的那個人活得很好呢，即使活得不好，也不是因為他在這世上被你恨著，而是因為像他這種素質的人就該活得不好。

當你恨著一個人，活得不好的是你自己。你必須時時刻刻把他放在心裡，放到你的血肉裡，弄得自己也血肉模糊。

你恨過誰？誰又恨過你？誰恨你不重要，那是他自尋痛苦。可是，當你恨著一個人，痛苦的是你。為什麼要為一個已經不愛你，甚至從來沒有愛過你的人痛苦呢？

懷恨的人是可憐而卑微的。

當我愛一個人的時候，我絕不會想看到他恨著他以前愛過的一個女人，要是依然恨著，就是沒有放下，他和那個女人終究還是拴在一起，還是在糾纏。只有當他放下恨，他才是全心全意愛我的，要是他還恨著某個人，就是還不想結束。

愛一個人可能不自由，也可能是釋放；但是，恨一個人，絕對是不自由的。

當你放下恨意，你才會自由，你不一定從此快樂地生活，你也許還是會為別的人傷心和難過，但是至少，你再也不會讓從前那個人留在你心裡污染你。

愛的反面哪裡是恨呢？愛恨是一起的，恨的時候也愛，愛的時候也恨。我們愛著一個我們偶然會恨的人，我們也恨著一個我們愛著的人。我愛你如此之深，有時難免會恨你，恨你不了解我，恨你對我說謊，恨你讓我失望，恨你對我不夠好，恨自己離不開你，恨你不像我愛你那麼愛我，太恨你了。

女人最好的年紀

唯有在這個年紀，
女人不需要裝嫩，
卻也還年輕，
對人生依舊滿懷好奇。

女人最好的年紀是幾歲？有人說是十七歲，也有人說是二十歲，當你過了三十五歲，回頭再看，你恍然明白，一個女人最好的年紀，是無論真實年紀是幾歲，心裡永遠是二十九歲和三十五歲。唯有在這個年紀，女人不需要裝嫩，卻也還年輕，對人生依舊滿懷好奇。

二十九歲多好啊，還沒到三十歲，還是二字頭，比起十九歲那一年好多了。那時太年少，也還無知，那時會為了想談戀愛而胡亂愛一個人，那時會愛一個不愛自己的人，那時會為了得到愛而委屈自己，那時沒有自信，那時並不知道自己想要什麼，那時沒有事業，也沒有人生目標。

二十九歲，離三十歲那麼近，不過一步之遙，一晃眼就到了。你跟自己說，到了三十歲，你要離開一段沒有結果的愛情，離開那個不能或者不會跟你結婚的男人。到了三十歲，不年輕了，你跟自己說，從今以後再也不能荒廢日子，不要只顧著戀愛，要好好為人生而努力。

既然已經決定到了三十歲要做什麼，又要放棄些什麼，在三十大限之前，你還是可以愛著這個不會給你將來，也不會給你承諾的男人，你還是可以揮霍日子。這樣的二十九歲多好啊！可以毫無愧疚，可以繼續作夢。

到了三十歲，你答應自己的事情是否都做到了？有沒有離開那段明知道沒有結果的愛情？有沒有為自己的人生努力？有或者沒有，都沒關係了，三十歲是新的一頁，捨不得放手的愛情，還有那個捨不得放手的人，終究是你愛的也愛你的。你知道自己需要什麼，你開始明白怎樣過日子，但你永遠懷念二十九歲的你。

雖然肉體的年齡已經昂然踏入三十歲，告別了二字頭，但是你內心可以一直活得像二十九歲，既知道終於會變老，卻也感覺自己還沒變老，可以繼續相信愛情，繼續相信一切美好的東西。

當你再老一些，感覺不像二十九歲，蒼老些了，你才又發現三十五歲是比二十九歲更好的年紀。你懂得愛情了，你也更認識自己，你開始知道什麼適合自己。你會打扮，你知道自己的優點，你也接受自己的缺點，你更有自信了，這時的你最好看。你成熟了，聰明了，卻也不至於太世故和老練。

到了這個階段，你也許會變得更自我，不想討好任何人，不愛那些不愛你的人，不對你微笑的，你也不對他微笑；但你也可能變得沒那麼自我，你不刻意討好別人，可你也不容易討厭別人。有人不愛你，你覺得無所謂，不對你微笑的，你可以首先對他微笑。

這時候，你沒那麼容易失望和哭泣了，你卻也沒那麼執著了，你追逐愛情和幸福，卻也接受人生的無常。離四十歲還遠著，三十五歲的內心是一個永遠的青年，一點智慧，一點通透，一點豁達，一點樂觀，一點悲觀，有時知性，有時感性，這是你可以一直待到人生終點的年紀。當你肉身老了，回望一生，這也是一個女人最好的年紀。

你為什麼要完整？

你這個人是否完整，
你的人生又是否完整，
跟你有沒有孩子有什麼關係？

你覺得自己適合當媽媽嗎？

要是你從來沒有羨慕過那些有孩子的女人，要是你每次看到麻煩的小孩都慶幸他們不是你的，要是你只曾在很愛一個男人的時候想要為他生孩子，那麼，你也許不適合當媽媽。

當然，什麼都會變，世上總會有奇蹟，當奇蹟降臨，即便是那個最沒有耐性、最自私、最痛恨小孩的女人也會變成一個好媽媽。

有些女孩子天生就是當媽媽的材料，她們從小就嚮往長大後結婚生孩子；有些女人是後天培養的，直到她有了自己的孩子，她才發現原來她很享受帶孩子，她可以做一個很棒的媽媽。

從前的女人沒得選擇，即使她不是當媽媽的材料，照樣得為丈夫生兒育女、傳宗接代，彷彿這就是女人的天職。

我有個學姊，她是家裡的老么，排行第九，她媽媽一直想要個兒子，在連續生了九個女兒之後，終於認命，放棄了。這位伯母一生大部分時間都是在懷孕和帶孩子，這是什麼樣的人生？

如今，我們自由了，不需要為了傳宗接代而生孩子，可以好好審視自己的內心，你是否真的想要個孩子？

總會有人說，女人要生過孩子才完整，又或者說，有孩子的家庭才是完整的。活在今天，要不要孩子，完全是個人的選擇，跟完整無關好吧？

何況，人為什麼要完整呢？你這個人是否完整，你的人生又是否完整，跟你有沒有孩子有什麼關係？有家有孩子的人總愛說一家子整整齊齊很好，可你明明就不喜歡小孩子，何必勉強呢？兩個人就不能整整齊齊嗎？不能也沒關係啊，人為什麼要那麼齊整？

我有個朋友非常熱愛她的工作，她是個出色的事業女性，可她一直很內疚自己沒有太多時間陪在孩子身邊。世事很難兩全其美吧？愛孩子有很多方法，好媽媽也不是只有一種。有些女人的確不擅長當媽媽，甚至不擅長做別人的太太，她在工作崗位上卻是光芒萬丈，那就好好為自己的人生而努力，成為孩子的榜樣吧。

有些女人會給自己做一張時間表，在她們心中，到了某個年紀就應該結婚，到了某個年紀就應該生孩子，這張時間表聽起來好像很有規劃，卻也畫地自限。為了要嫁出去而結婚，為了這個歲數應該生孩子而生孩子，真的好嗎？難道不會錯嗎？

喜歡做媽媽的，會告訴你一百個做媽媽的理由；不喜歡的，會告訴你一百個不做媽媽的理由。我聽過一個女人最理直氣壯的理由是：「我都還沒長大，我永遠是個大女孩！」事實上，她已經四十歲了，有一個比她大二十歲，對她千依百順，把她寵成女兒的丈夫。

當然了，有些女人即使永遠長不大，後來也成為別人的母親，孩子比她更成熟。

人各有志，要不要孩子，是個人的選擇，是你選擇要一種怎樣的人生和怎樣的生活，不要把它變成責任，或者遺憾。

一日為母，終身為母，你想要做永遠的大女孩，還是永遠的母親？

假使你曾渴望王子，唯願你而今終於長大了

沒有一個人是完美的，
但總有一個人，
雖不完美，卻完整了你，
甚至補滿你人生的遺憾。

女孩說，找一個白馬王子是每一個女人的夢想，她要怎樣才能夠找到自己的白馬王子呢？真正可靠的人身上應該有什麼特點？又如何去分辨一個男人可靠不可靠？

白馬王子真的還有嗎？這個詞怎麼好像是從遠古而來，已經不合時宜了呢？或者，我們終於都明白世上沒有白馬王子，唯一可以找的，是那個對的人。找對了人，你就是公主。

哪兒有什麼白馬王子呢？即便是有，也不見得會讓你遇到。假如那麼幸運，讓你遇到王子，穿上了亮晶晶的水晶鞋，就能一直走下去嗎？一旦嫁給了所謂的白馬王子，你也許會發現他缺點很多，他並沒有那麼好，他充其量只是個沒落王孫，甚至只是乞丐王子。

每個女人也許都有個公主夢，屬於童年的諸多幻想之一，卻帶不進成年的世界，也帶不進百孔千瘡的人生。

即使真的嫁給王子，英國王子、丹麥王子、沙烏地阿拉伯王子，原來也是會痛苦，也是會離婚的。

假使你曾渴望王子，唯願你而今終於長大了。

哪裡會有一個男人能夠滿足我們人生每一個階段的每一個要求？沒有一個人是完美的，但總有一個人，雖不完美，卻完整了你，甚至補滿你人生的遺憾。當你愛一個男人，就把他當成你的王子吧，他也把你寵成他的公主。當你們都老了，也還是彼此的老王子和老公主。

如何去分辨這個人是不是可靠，等於說在愛情裡要做個聰明的女人，那你首先不能笨啊。到頭來，一切都在你，你要一直提升你自己，變優秀些，再優秀些，那麼，人生路上，你遇到的每個人，你都知道哪些是好，哪些是不好，哪一個適合你，哪一個不適合。

女人有時就是會被愛情蒙住了眼睛，所謂王子，最後就算不是騙子也是龜兒子。什麼男人可靠？誰又能百分百肯定？今天可靠的，明天也許就不可靠了。他愛你，人老實，條件也很好，此時此刻，怎麼看都很可靠，可是，有一天，當他不愛你，他就變得不可靠了。

哪兒有一個人可以永遠依靠呢？即使有這麼一個人，他也會有無法照顧你的時候，與其求諸別人，不如求諸自己。好好努力，當你可靠，你遇到的一切，你遇到的每一個人，也就比較可靠。

當你優秀，即使那個深深愛過你的男人後來變得不可靠了，你還可以依靠自己，你就是你自己最好的後路；唯願這條後路永遠用不著。

帶不進現實的那些，不是夢想，而是妄想。放下你的白馬王子夢，踏踏實實，去找那個對的人吧。

慢慢地，慢慢地，你終於知道，並沒有對的人，只有你愛也愛你，也挺不錯，你們都能忍受彼此的人。他不是完全對，根本沒有一個完全對的人，只有完全錯的。那個完全錯的人，你不是看不上眼就是早早跟他分開了。

千山萬水，就是為了讓你明白，所謂對的人，在你放下許多執著、在你願意改變自己的時候才會看到。他一直都在，他知道你所有的缺點，他也了解你的優點，唯獨他可以帶著微笑忍受你。

和他一起，從今以後是不是再也沒有任何遺憾呢？這樣的期待也是錯的，不要以為愛對了人就沒有遺憾，所有的遺憾都不是別人給你的，是你自己無論如何也會有的，人本來就帶著遺憾再一次來到人間。

來了，遇到你了，是重逢也好，是初識也好，只願這一世少一些遺憾。

寧可遲暮，不要衰老

你要對世界、對身邊的一切好奇，
你要活得比昨天好一些，
你對這世界要永遠懷著純真的渴望。

女人從來都是矛盾的動物，九歲的時候，她渴望快點長大，巴不得明天一覺醒來就變成十八歲，可以做大人做的事。到了二十歲，她又整天嚷著自己已經老了，很多事情不應該做了，比如說，不要再那麼容易哭，不要再那麼笨。

二十九歲了，她突然又覺得自己怎麼愈活愈年輕了呢？一點都不老啊，只要好好愛自己，不要混日子，不要愛上不該愛的人就好。活到三十九歲或是四十九歲的時候，她突然又反過來不認老了，她拚命要活得年輕些，穿衣打扮甚至比二十九歲那時更青春。

如何能夠不變老呢？我們最害怕的也許不是變老這回事，而是變得沒有吸引力，不再好看了，失去了年輕女子的優勢，甚至明明雲英未嫁，看上去卻像中年歐巴桑。

男人到了中年，只要沒有謝頂，沒有吃出一身五花肥肉和一個大肚子，看起來也就年輕很多；有些男人，甚至直到中年，沒那麼瘦了，肩膀變寬了，也添了幾分風霜，才活出男人味。

女人呢，哪裡有什麼中年？就算五十歲了，我們都只是老女孩，或者頂多是後青年。當你活得好，歲月是風霜而不是滄桑；當你活得好，歲月是歷練而不是摧殘。老總是會老的，時間一到，你身上每一寸肌膚都無可奈何會漸漸往下掉，但是，你可以遲暮而不是蒼老。

如何避免變成中年婦女？

拒絕油膩，也拒絕乾燥。

有句老話說，一個人到了二十五歲就該為自己的容貌負責，其實，二十五歲懂的還真不多，即使知道什麼是好東西，也不見得負擔得來。三十五歲倒是差不多了，你開始明白什麼適合自己，你也負擔得起比較好的東西。

從頭到腳，油膩固然糟糕，乾燥卻也會有皺紋；油膩就髒，乾燥就老，你要不油不膩才會年輕。

臉和身體是自己的，不要在變美這事上吝嗇，卻也不是要你做冤大頭，在你能力範圍之內給自己最適合和最好的吧。變美這事，永遠都在學習，永遠都有進步的空間。

請你不要亂摸那些比你年輕的男人。

有些女人到了某個年紀，不知道是寂寞還是倚老賣老，看到小鮮肉就往人家身上亂摸。好好說話不行嗎？為什麼非得一邊說一邊摸臉、摸手和摸大腿呢？不過仗著自己是老女人了，對方不會喊非禮。

不要妄自菲薄。

有一回，在一家小餐館吃午飯，鄰桌是幾個五十多歲的女人，有一個已經當岳母了，另一個的兒子也快結婚了，其中一個很感慨地說：「我都不怎麼打扮了，我們現在就算打扮了也沒有人會看。」

連你自己都這麼想的話，又怎可能不變成中年婦女呢？請永遠不要放棄打扮，可也不要打扮過頭。所謂品味，不過就是合理和舒服地成為更優秀的自己。

永遠保持好奇心和童心。

充滿好奇心和擁有一顆童心的人都不怎麼老。你要對世界、對身邊的一切好奇，你要活得比昨天好一些，你對這世界要永遠懷著純真的渴望。

不要放棄愛情。

兩個人一起很多年了，或者早已經是老夫老妻了，不代表就不再需要愛情。愛情可以歷久而彌新，對愛情永遠要懷著嚮往和憧憬，希望未來更甜蜜和幸福，這樣的你才會年輕。

還請你多讀書。

有一回，我跟一個好朋友聊到老去這個話題，她苦哈哈地說：「老了有什麼好呢？我唯一想到的是我比以前有錢。」

是的，二十歲時買不起的東西，我們現在都買得起了，然而，老了除了變得有錢，也應該變得聰明和變得有智慧。只是包包裡有錢是不夠的，希望你的財富配得起你的智慧，你的智慧也配得起你的財富。

智慧從何而來？還請你多讀書，多讀好書。

你要不斷要求自己，到老了也要不停進步。

幾年前看過一篇很有趣的報導，一群閒來無事的美國專家拿了當時好萊塢最紅的幾位男女明星做了個分析研究，假如這幾個人沒有當上明星，沒有紅透半邊天，他們現在會是什麼樣子？

以布萊德•彼特和安潔莉娜•裘莉為例，假使他們沒有成為大明星，而是兩個平凡人，到了這個年紀，他們很有可能已經變成大叔和大嬸了。研究員利用計算機描繪出兩個人的容貌，不是大明星的彼特和裘莉，臉上皺紋挺多的，眼睛也沒神采，看上去比大明星彼特和裘莉老多了，甚至至少超重二十斤。

因為成為大明星，彼特和裘莉才可以雇用世上頂尖的專家和團隊不斷幫他們做保養，甚至把他們變得比原本更美和更禁得起歲月的摧殘。因為成為大明星，他們本身也會更努力去維持美貌和身材。假如沒有當上明星，而是另一種際遇，彼特和裘莉幾乎不可能是現在這個樣子。

假如說容貌造就際遇，那麼，際遇也造就容貌，你的際遇如何，你的容貌就如何。為了變得好看，你要努力活得精采，當你不停進步，你才可以擁有更好的。

你無法逃避老去，誰又可以呢？但是，請告訴自己，寧可遲暮，也不要蒼老。

愛情可不可以永遠年少？

我努力去年少，
成敗得失就交給天意吧。

流年似水，新的一年，我們都又老了一歲，你是從什麼時候開始才明白自己無法永遠年少的？

所謂的四維空間只會在科幻小說和電影裡出現，人類依然無法企及。千百年來，我們只能活在三維空間裡，不能到過去或者未來，也不可能從眼下這個世界穿越到另一個平行世界。要是可以回到過去，又或者如果可以打開一扇門走進平行世界，那就可以看到年輕時的父母。

看到年輕時的父母，而不是而今已經老去的他們，那多好啊。一旦回到過去，你也可以看到小時的自己，甚至是還在母親肚子裡的自己。

你無法永遠年少，但是，只要活著，你永遠可以看到一個更老的自己。一個一百零九歲的女人瑞被問到她怎麼看自己的長壽，她回答那個年輕的記者說：「天哪！我沒想過我得活到這麼老，我只想說：夠了！夠了！」

可惜，醫學進步，無論你想不想活成一個皺巴巴的人瑞，我們每個人都會比從前的人長壽，尤其是女人。

人們說，因為有死亡這個終點，人皆會死，我們才會渴求忠誠、渴求愛、渴求一個長相廝守的伴侶。在古代，男孩和女孩可能在十四歲到十六歲就結婚，約莫二十歲成為父母，大概會在三十五歲到三十八歲之間成為祖父母，一般活到五十歲就蒙主寵召。那時的一輩子和現今的一輩子，相差了差不多三分之一世紀。那時候，愛一個人或者恨一個人，很快就結束；佳偶和怨偶，也很快就各自奔去投胎。

如今卻不一樣了，我們既無法永遠年少，卻又只會變得更老，一段愛情夠用嗎？一段婚姻也真的夠用嗎？可以用到老嗎？老到面目全非的那天，當初愛我的那個人還認得出我來嗎？他還是會愛我嗎？

世間的一切皆無法永遠新鮮與年少，愛情又怎會例外呢？又怎會有另一個平行世界可以回到初見的那天呢？

然而，當你接受愛情無法永遠年少，你也許才懂得接受它的不完美，接受它讓你感到失望和挫敗的那些時刻，甚至也接受它變老，變得沒那麼有趣。

與其說怎樣去保鮮和經營一段愛情，不如說怎樣去年少。保鮮和經營把愛情當成了食材和一盤生意，年少卻是相對浪漫和感性的。我努力去年少，成敗得失就交給天意吧。

在愛情裡要怎樣去年少啊？

當然，你首先得年少。

不是說你要把自己從三十五歲變回十五歲的模樣，而是說，你要擁有一顆年少的心，依然充滿好奇，依然活潑，依然相信愛情。男人固然受不了一個整天問著「你愛不愛我？」的女人，卻也受不了一個懶惰的暮氣沉沉的戀人。把愛情看作一場屬於兩個人的球賽，你也渴望一個旗鼓相當的對手吧？一個人贏，另一個人一直輸，一直接不到那個球，又有什麼意思呢？

然後，你得年輕。

無論幾歲了，試著永遠相信自己二十九歲吧。我有一個朋友說得很好，他說，當你認識一個朋友很久很久了，當她老了，你也老了，每次見面，你看到的依然是那個時候認識的她，那時她二十九歲，那麼，即使現在她四十九歲了，在他眼中還是二十九歲的模樣，記憶中的那個人彷彿一直都沒老。

當你愛一個人的時候，他頭髮白了，眼睛花了，背也駝了，你依然看到你們初見時那個年輕的他嗎？你若看到，那麼，他看到的也是那時年輕的你。

最後，你得年老。

明明說要年少，怎麼又要年老呢？

當你老了，你才學會珍惜；當你老了，你才會看出平靜的好；當你老了，你才懂得品味兩個人的小日子，你也會知道你和他誰也離不開誰。

愛情是可以年少的，只要你心裡一直有一個少女、一個女青年和一個活潑的老女人。

忍受冷暴力，是愛還是懦弱？

後來的一天，你終於願意承認，你並沒有那麼深情，你只是懦弱，你只是害怕一旦離開了就會孤單。

你自己心知肚明，這個男人已經不愛你了。他不關心你，不在乎你，不願意給你時間和溫暖，他對你冷漠得像個陌生人，你為什麼不走呢？是你太愛他還是你太懦弱？

男人都不擅長分手，也不習慣開口說分手，可這並不代表他不會跟你分手。男人說分手的方式終究是和女人不一樣的。女人會說：「我們分手吧。」要是真的說不出口，她也許會在某天悄悄打包自己的東西離開，當男人回到家裡的時候，她早就走了。

不愛的時候，女人是決絕的。

可是，男人明明不愛了，卻幾乎不會開口，他們只會用行動表示。他們有他們離開一個女人的方式，要是你那麼不幸被男人分手過幾次，那你應該很了解男人離開女人的方式。

女人會認為男人的方式比直接說分手殘忍和無情，男人卻認為這個方式是最厚道的了。

曾經每天跟你通電話，每天見面，一日不見，如隔三秋，三天不見想死你了。然後，電話少了，見面少了，也很少碰你了。你發的短訊，他很晚才會回覆，或者看完也不回，說他忘了，說這條短訊不重要，回不回沒關係。你每次說想見他，他都說忙，問他忙什麼，他說：「你煩不煩？」

你說：「我來找你好嗎？」他說：「你也應該有自己的生活。」

你說：「你為什麼這樣對我？你以前不是這樣的。」他說：「你喜歡怎麼想就怎麼想吧。」

都到了這個地步，你還好意思死皮賴臉繼續糾纏，硬要逼他說出分手兩個字嗎？他明明是好心給你臺階下。

要是你和他住在一塊兒，情況就複雜些了，男人也會更狠一些。他會找理由很晚才回家，回家也沒話跟你說，他每天晚上總是等到你睡著了才上床睡覺，或者索性睡在沙發上，只是因為不想碰你。

就好像你得了傳染病似的，你在睡房，他會走到客廳，你走到客廳，他會躲到睡房去。你跟他說話，他會避開你的眼睛，即便雙眼直視你也是毫無感情。

你受不了他這樣對你，哭著跟他吵，他不吵，也不說話，他就是能忍，你怎麼哭怎麼罵，他都可以一臉無辜，繼續沉默。

你吵著吵著，絕望而又歇斯底里，終於說：「我們分手吧！」

這話是你說的啊。

他一直不走，因為這房子是他的，當天是你帶著行李搬進來，緣盡了，他希望你會識趣，自己搬走，用不著他開口，開口太難，也顯得他太沒風度了。

他等著你走，你走了，另一個女人才可以住進來。

「好吧，我走。」這話也是你說的啊。

他沒說分手，他也沒叫你滾，是你自己要走的。

死心是熬出來的。人在死心之前總是給自己許多理由去愛、去留下、去糾纏。你在心裡跟自己說：「他沒說分手，他也沒說不愛我。」

其實，他已經用他的方式說了一百遍，你卻偏偏假裝聽不到，以為只要聽不到就不是真的。

他都這樣對你了。

有些話，為什麼期待別人說得那麼白呢？說得白或者不白，到頭來又有什麼分別？他早就不想看到你了，你卻卑微到死死地摟住他一條腿把臉往他鞋底上貼去。

一個人要是愛你，他會希望你是高貴的，任何卑賤的對待只是證明他從來就沒有愛過你。

被一個男人這樣對待，為什麼還捨不得走？你一度以為是愛，你太愛這個人了，你放不開，後來的一天，你終於願意承認，你並沒有那麼深情，你只是懦弱，你只是害怕一旦離開了就會孤單。

然而，人心裡有太多比孤單更難受的苦了，譬如屈辱，譬如卑微。

在第二人生裡，也許我會過得比現在好……

可惜，
許多人終究是一邊幻想著第二人生，
一邊在眼下的人生中漸漸老去。

曾經有多少回，你想要從眼下的生活中逃離？離開你感覺不到溫暖的家，離開你不喜歡的學校，離開你厭惡的工作，離開那個你不愛或者不愛你的人……最後，你是留下了還是逃離了？是逃跑需要勇氣還是留下更需要勇氣？這也許是一道千古難題。

我有個好朋友常常說起她小時候打算離家出走的故事，事情是這樣的：逃走的前一天晚上，她把各種她平日最喜歡的零食偷偷放進背包裡，然後在床底下藏好，當然，還有離家生活要用到的錢。她徹夜無眠，為即將會得到的自由興奮不已。只要想到平日總是嘮叨不斷的媽媽到時候會有多麼惶恐和自責，她就忍不住在被窩裡哈哈大笑。誰會喜歡像她媽媽這樣的女人啊？爸爸幾年前就跟一個年輕的女人跑了。

沒想到，那天半夜，剛下班回來的媽媽突然走進她的房間，以為她睡著了，溫柔地摸摸她的頭，給她蓋好被子。那一刻，她心都軟了，差一點就放棄了逃跑的計畫。

幸好，小孩是不容易心軟的。第二天，家裡只有她一個人，她本來是要走的，可一想到無法把家裡的電視帶走，那就不能每晚追看她最喜歡的一部電視連續劇，她遲疑了；而且，家裡的床真的很舒服。

而今，她年紀不小了，走過半個地球，也結婚了，可以名正言順地離家自立，卻又帶著老公回來陪伴年老的媽媽，兩個女人感情好得形影不離。

離開的方式有千百種，也不一定是一走了之。我認識一個女孩，外表瘦瘦小小，骨子裡卻是個非常頑強和叛逆的人，她沒離家，而是無論做什麼都跟她媽媽對著幹。她告訴我，十幾歲的時候，有一年暑假她從加拿大回來，她媽媽幫她安排的暑期打工竟然是到「母親的抉擇」去當義工。母親的抉擇是香港一個歷史悠久的慈善組織，專門收容未婚懷孕的女孩子。她當時恨死她媽媽了，覺得她媽媽這麼做是明擺著不信任她，擔心她早晚也會未婚懷孕。

許多年後，她果然未婚懷孕，不過這時她早就成年了。那段關係終歸沒能維持下去，她跟別人結婚了，然後又離婚。她是個非常聰明又漂亮的女孩子，我不知道她和家裡真正的問題是什麼，我看到的是她有一對很棒也很關心她的父母，一直對她不離不棄。

我深深相信，所有的逃離都是為了追尋自己所認為的幸福，百轉千迴，也許跑很遠了，也許又回到原來的地方。

每個人不都想過要逃離現在的人生嗎？即便是看似順利和幸福的人生也可能有許多遺憾，更何況那些不幸福的人生？

所謂第二人生，永遠有著一種未知的吸引力。在第二人生裡，也許我會過得比現在好，比現在幸福和自由，可以做自己喜歡的事，那裡會有一個更愛我的人……

可惜，許多人終究是一邊幻想著第二人生，一邊在眼下的人生中漸漸老去。

當一個人很老很老了，他也許還是想著逃離，從年老多病和孤獨的生活中逃離，從懊悔中逃離，然後，不久的一天，他會從死亡中逃離這一切。

是留下需要勇氣還是離開更需要勇氣？

我漸漸明白，當你努力，當你出色，你也可以擁有第二人生。人生當然會有各種各樣的限制、起伏、得失和挫敗，各種各樣的不如意、恐懼、落空的希望、意興闌珊的感情。然而，既然逃離是虛妄的，不如在眼下的人生奮鬥，以有去無回的決心、以微笑、以眼淚，開出一朵屬於我的花來，迎向天空，迎向大地。

我的卵子我做主

不過，世界之大，
讓今天的女人擁有更多的自由和選擇。

曾經愛一個男人愛到明明沒那麼喜歡小孩子也想要和他有個愛情結晶，為了留住一個男人而想為他生個孩子……這麼想的時候多年輕啊。許多年後，當你回首，你多麼慶幸當時那些念頭只曾在你腦海一閃而過或者只曾短暫徘徊。

你多慶幸你清醒得快。那個你曾有一刻想和他有個愛情結晶、像你也像他的小生命從來就沒有出現過，而你和他早已成陌路，各不相干。你想生個孩子來留住的那個男人，你後來都不愛了。

生而為女子，子宮每個月都排卵，我們好像總是可以幻想成為母親，也幻想一個孩子的降臨會改變現狀。幻想歸幻想，生孩子終歸是屬於現實這一邊的。女人跟男人不一樣，男人即便做了爸爸，肚皮上也不會留下妊娠紋，臉頰不會因為懷孕而長出妊娠斑，乳房也不會變得疲累憔悴，他們的精子更不會比主人提早告老歸田，只會和主人終身廝守。

為人母的快樂和幸福或許可以讓你覺得身體的各種改變是值得的，這些犧牲是偉大的，可是，隨之而來的是漫長的養和育。帶個小寶寶出門旅行得準備他吃的、用的、玩的，預先下載動畫片給他在旅途中看，求神拜佛希望他在飛機上別鬧。到了該進學校讀書的年紀，得用上各種關係和門路去幫他找所好學校，希望自己能夠為他做出最好的選擇。十幾歲的時候，擔心他變成反叛少年或者少女，終於等到他大學畢業，房子那麼貴，也許還得給他買房子。

中國人做父母做得太累了，中國人的孩子也累，結果大家都累了。

可是，女人總是既悲觀又樂觀的。「我現在不想生孩子，可我想買個保險……」「我三十八歲了，單身，當我終於遇到可以嫁的人，我的卵子或許已經再也不是那麼年輕活潑了……」「先把卵子拿出來凍著，將來想做媽媽的話，連男人都不需要呢……」

我的卵子我做主。

於是，年過三十五歲而未婚的，單身多年有點絕望的，現在沒孩子但不知道將來想不想要的，已經有一個孩子可不知道想不想再生一個的，都想過不如凍卵，凍著不吃虧。

這兩年常常有朋友問我香港有沒有凍卵服務，是沒有的，至少目前還沒有。在香港，代孕和選擇胎兒性別都是法律不容許的。

不過，世界之大，讓今天的女人擁有更多的自由和選擇。只要付得起錢，你就可以把你的卵子先拿出來放在世界上某個地方，某個聲稱安全的地方。你的那顆卵子到了那兒就不會再老。

那一顆凍著的卵子是給自己留的一條後路，是放在保險箱最裡面的一枚小小的鑽戒，無論如何也不賣，只要留著，說不定有天會需要。這就好像一個長年跑單幫的人，錢包裡總會藏著一張折成小方角的百元面額的美鈔，這張美鈔也許有天會用得著，甚至救他一命。

假如真的凍了一些卵子，你打算什麼時候用？

是你還可以生孩子的時候還是已經不可以生孩子了、已經不會每個月排卵的時候？到了那時，你都不年輕了，突然很想要個孩子，很想把你所有的錢都留給他，也希望有個生命可以延續你的生命。

每個人都有自己的人生，只要不傷害別人就好了。凍卵或者不凍，完全是一個人的事，甚至和男人無關。時代早就不同了，連倫理也已經不一樣。我最近認識一對男男，他們兩個都喜歡小孩子，掙扎了很多年，終於咬咬牙花了幾百萬在美國找代母為他們生了一個混血的漂亮的小女孩。他們只要女孩。

很多很多年前，當你還是個小學生，和你很要好的那個女同學怎麼可能不是她爸爸媽媽所生，而是由某位代母所生的呢？然而，以後的以後，你的孩子或者你的孫子的同學，有幾個說不定是代母生的，有幾個是凍卵生的，另外幾個是選擇過性別的，而他們都被愛著，都那麼快樂，或者憂鬱。

從前你只有兩個選擇：成為母親或者不做母親；而今竟又多出一個選擇：現在不做母親，但是，永遠都可以成為母親。

這世界終有一天會超出我們的想像，唯一不變的，是我們的卵子終究是短暫芳華，不許人間見白頭。

只要你夠強大就好

你可以做著世人認為這個年紀不該做的事。
一切一切，只要你夠強大就好，
經濟強大，或者至少內心強大。

十七歲，你憧憬愛情，幻想愛情，想找個人戀愛。

二十歲，你期待愛情，想找個愛的人戀愛。

二十二歲，第一次失戀，第一次嘗到了愛情的苦，那是你短暫的生命裡最苦的苦。

二十四歲，你重遇愛情，你希望這個人是會和你一直走下去的，你有時會幻想你和他的婚禮。

二十六歲，又失戀了，這一次，跌得更痛，你想隨便找個人結婚算了，誰肯娶你，你就嫁給誰。

二十八歲的你，在期待愛情，希望那個對的人已經在路上，離你不遠。

三十歲那天，你才發現三十歲原來沒有你想像的那麼老，三十歲的你，活得比二十二歲時年輕，比二十四歲的時候好看。

三十二歲，你愛上一個不可能的人，他是你一生最愛。

三十四歲，你依然在情海漂泊，你發現，喜歡一個人愈來愈難了。

三十六歲，你覺得一個人過日子也挺好的，與其屈就，不如做自己的公主。

三十七歲，你有點想找一個人陪你過日子，你知道那個對的人不一定會來，世上或許根本沒有對的人，只有還不錯的。

三十八歲，你對男人沒那麼挑剔了，並不是你降低了要求，而是你比以前洞察世事和人心，你也比從前變得包容。

三十九歲，你在想：「找一個人過日子有那麼難嗎？」你覺得喜歡一個人和愛一個人其實沒有太大的分別。從前不可以，可現在你可以接受和喜歡的人終老。

四十歲，你突然覺得一切都是虛幻的，一個人過或者兩個人一起過都不重要，只要自己強大就好。你在想：「要是我擁有現在的一切：事業、財富、自信和品味，但是能夠回到二十五歲，那多好啊。」

四十三歲，那個對的人終於出現了，可你不一定就想結婚和生孩子，你心裡想：「在戀愛中慢慢老去也是好的。」

四十五歲，人生是否可以重來？即使可以，你也不願意，太累了。你曾有許多遺憾，雖然回到從前或許可以修補，但是，你已經不那麼想要修補了，就讓人生留下一些遺憾吧。

四十八歲，你很慶幸自己並沒有變成歐巴桑或者中年婦女的模樣，你有點羨慕法國女人，法國女人在這個年紀還是可以性感、可以戀愛、可以有幾個情人的。

人生是否要被年紀所左右？七歲開始學鋼琴是被迫的，三十歲才開始學鋼琴卻是享受。十歲學芭蕾舞，你一點都不享受，四十歲學鋼管舞，你覺得自己實在太厲害。你身邊總有一些朋友每次開口都會說：「我們這個年紀……」什麼這個年紀？誰說人在某個年紀必須怎樣怎樣？一切的限制不都是你給自己的嗎？

你可以二十五歲就歸隱田園，和你愛的人采菊東籬下，你也可以三十五歲依然在江湖上瀟灑來去，活成自己最喜歡的樣子。

人生只有一次，當你老了，你會後悔自己不曾勇敢還是後悔自己不曾深思熟慮？

你可以任性，你可以浪漫，你可以寧可在愛情中老去也不要苟且過日子，你可以依然愛憎分明，你可以在婚姻裡繼續追尋愛情，你可以做著世人認為這個年紀不該做的事。一切一切，只要你夠強大就好，經濟強大，或者至少內心強大。

情傷總是會過去的，有時候，你又何必尋根究柢？

那些流過的淚水、受過的委屈和欺侮，
那曾經的卑微和屈辱，一切一切，
只是使你茁壯，使你明白世道人心，
看出了愛別離苦。

那天遇到一個很多年沒見的舊朋友，他曾是我一個好朋友的男朋友，兩個人一起不到一年，分手的時候鬧得很不愉快，拖拖拉拉了一段時間，終於還是不歡而散。

我心裡清楚得很，我那個好朋友根本不愛他，和他一起的時候，她並沒有安定下來，而是背著他偷偷和其他男孩子交往。

他是個好男人，也是個相當優秀的男人，可她就是不愛他。不被人愛，往往並不是你不夠好，也許偏偏相反，是你不夠壞。我那個朋友喜歡的是壞男孩，是小混混。

當時我也覺得很難理解，這兩個人怎麼會走到一起呢？他不是她一向喜歡的那種男人，而她，也一點都不適合這個男人。對她來說，那不是愛情，而是寂寞。那個時候，她剛好有個空檔，她是個習慣了被愛和被男生簇擁的人，而這個男人又迷她迷得不得了，所以，為什麼不試試一起呢？

結果顯而易見，她以為自己是愛這個男人的，但是她很快就發現原來她一點都不愛他。我怎麼知道她不愛呢？她連送一份小小的禮物給他，也會斤斤計較，選最便宜的。

要是我愛一個人，我怎麼會對他吝嗇呢？我巴不得給他最好的，我會買我能力所能負擔的最好的東西給他，我也不會明明選了便宜的禮物卻騙他說好貴。

她不愛這個男人，但她曾以為自己可以試著愛他。可是，她始終騙不了自己，不愛就是不愛，無法假裝，這個男人有多好，都跟她無關。他愈是痴迷，她反而愈感到厭惡。他曾經的優點，全都變成了缺點，他的聰明，變成自以為是；他的健談，變成愛說話；他的謙遜，變成虛偽。漸漸地，這個男人在她眼裡簡直變得無比討厭，她只想狠狠地把他甩開。

那段時間，我常常成為這個男人訴苦的對象，可我有太多事情不能跟他說。我怎麼可能告訴他，我的好朋友從來沒有愛過他？我又怎麼可能出賣我的朋友，告訴他，除他以外，這個女孩子還有別的男朋友？

情傷總是會過去的，有時候，你又何必尋根究底？

後來，這個男人終於熬過去了，找到自己的幸福，也找到一個愛他的人。

這天再見到他，我問他：「你太太好嗎？」他尷尬地說：「我們幾年前離婚了。」然後他又說，「我後來又結婚了，不過還是離了。」

從那一刻開始，我發誓，要是我以後再遇到很久沒見的朋友，我絕對不會問這些傻問題，問人家的太太好不好，或者先生好不好。

我甚至不會問對方過得好不好。

有些人運氣就是好，一路愛上的都是好人，最後嫁給對的人，或是娶了對的人。有些人運氣沒那麼好，愛上過不好的人，受過情傷，最後終於遇到對的人。有些人比較倒楣，愛上錯的人，受盡折磨，最後娶了對的人，以為會廝守一生，終究還是無法白首。

愛情有沒有所謂對錯呢？有是有的，可是，到頭來，對錯並不重要，所有的恩怨、對錯和愛恨，都是浮雲；那些流過的淚水、受過的委屈和欺侮，那曾經的卑微和屈辱，一切一切，只是使你茁壯，使你明白世道人心，看出了愛別離苦。假如最後注定孤身一人，唯願你依然走得瀟灑而漂亮，這才不枉你受過的情傷。

這裡有個自強不息的灰姑娘

最好看的灰姑娘故事，
主角必須是一個自強不息的灰姑娘，
而不是成天坐在那兒等著嫁入豪門的、無所事事的女孩。

無論如何，王子與灰姑娘的婚禮還是好看的，所以，哈利的婚禮比他皇兄威廉的好看多了。

我是美劇《無照律師》（Suits）的粉絲，從第一季開始追看，那時候，梅根•馬克爾還沒有在現實生活中遇到英國王子，她還是瑞秋。她性感漂亮，第一次出場，導演的鏡頭在背後一直從她腳踝慢慢往上搖，美好的身材讓男主角邁克看得目不轉睛，在那一刻就暗暗喜歡了她。

阻礙梅根星途的，與其說是膚色，不如說是演技，她算不上很會演戲。會演戲的人演的是戲裡那個角色；不太會演戲的，無論演的是哪個角色，演的都是自己。要是沒有遇到王子，我不知道假以時日，梅根的演技會不會不一樣。但她不需要了，從今以後，她只需要演好一個角色——薩塞克斯公爵夫人。

黑白混血兒，祖先是黑奴，來自單親家庭，離過婚，有過很多性感的演出，藝海浮沉，沒有大紅大紫過，三十七歲，比哈利王子大三歲……梅根的出身和她的過去從哈利王子牽著她的手宣布訂婚的那一刻開始，一直被全世界的好事之徒批評和嘲笑，說她飛上枝頭，說她醜，說她不配，說她出身卑微。然後，她的生父也不太懂事就是了，還有她那對想撈點油水的繼兄姊，害她丟盡了臉。可是，這一切都破壞不了她的婚禮，她的王子就是愛她，甚至在婚禮上感動落淚，像小孩子那樣一直揉著她的手指頭。

對梅根的批評是多麼刻薄、偏頗和狹隘！都什麼時代了，黑白混血兒又怎樣？歐巴馬都做總統了啊。單親家庭又怎樣？現在有多少孩子都來自單親家庭！姊弟戀不可以嗎？你說她不漂亮，可她老公覺得她漂亮啊。什麼飛上枝頭呢？人無法選擇自己的出身，生於帝王之家，也是命，並不是因為你特別優秀。哈利他老爸查爾斯皇儲不也離婚了嗎？而且離婚前一直有情婦。

看完梅根和哈利的婚禮，你會喜歡這個女孩，那麼自信，那麼樂觀，獅子女配處女男，據說是絕配，處女座非常依賴獅子王。

撇開星座這事，梅根的可愛在於她的自信和自強不息，由媽媽撫養長大，十一歲的時候因為看到一個歧視女性的電視廣告而寫信給當時的美國總統夫人希拉蕊，並且得到希拉蕊的回信，那個廣告也因此修改了字眼。梅根一直支持平權運動，熱中慈善，她也不忘增值自己，她那副好身材除了天生之外，也是努力練習瑜伽得來的。她節制飲食，追求健康，據說哈利王子婚前被她逼著吃健康食品、戒菸和運動，減了十幾斤。

她跟王子訂婚前的衣著品味不算特別出色，但是，從訂婚那一刻開始，她的品味突飛猛進。你可以說因為她有形象指導，可即使有形象指導，你也要願意聽話，你也要分得出好和更好，你也得有幾分悟性。她的婚紗簡潔高貴，她的妝容清新淡雅，她已經不是《無照律師》裡那個瑞秋，她脫胎換骨了。

最好看的灰姑娘故事，主角必須是一個自強不息的灰姑娘，而不是成天坐在那兒等著嫁入豪門的、無所事事的女孩。這世上大部分的女人都不會遇到王子或者嫁給王子，然而，無論你出身如何，無論你遭遇什麼，又經歷過多少傷心失意的時刻，都不要放棄成為一個更優秀的自己，那麼，你就是自己的公主和公爵夫人。

世間最美的是兩情相悅，讓那些不相干的人嫉妒去吧，自己幸福就好。你幸福，因為你努力。

有一種備胎叫前男友

甘願做備胎的前男友，
只因為心裡有一個放不下的前女友，
他在等著她回來。

備胎與前任，不見得有矛盾，也不見得是兩個不同的人，有些人，既是前任，也是備胎。

明明是正印，分手後卻變成了備胎，這得要多麼依戀或是多麼情深，才會做得到？

分手之後，本該各走各路，可他答應過會永遠照顧她。這句話，本來是兩個人一起的時候的承諾，分開了就不能當真，可是，她卻死死地記住了。從此以後，她遇到什麼問題都會找他，和男朋友吵架，會跟他說，和男朋友分手，會找他哭訴。這個前男友，是她最堅實的後盾。

她不愛他了，要是愛，她當天也不會和他分手；可是，她也不是完全不愛這個男人，那份愛，超越了友情，卻又沒有了愛情，說是親情又不至於，她不知道怎麼去形容；也許，人世間有一種感情，是我和你永遠糾纏不清，分開了，也是沒分開；不在一起，也是在一起。

離開以後，在男朋友那裡受了傷害，她會奔向這個像親人那樣的前男友，糊塗起來，她甚至會跑到他那裡，睡在他床上。她心裡想，跟他早就好過了，再好一次也沒什麼，也不算隨便。

有時候，她不一定想和他睡，她只是想要一個懷抱，想要一個懂她的人。不可以和男朋友說的話，她都可以和前男友說；她在前男友面前幾乎沒有秘密；他們不再是戀人，卻是肝膽相照的摯友。

前男友一往情深，永遠做她的後盾，永遠等她，永遠縱容她。她希望這個男人快樂，可她又害怕他會愛上別的女人，她害怕有了別的女人他就不會再做她的後盾。她知道應該對他好些，可她有時候卻又很自私。

「有一天，你會愛上別的女人，然後，你就不會再理我了。」一天，她對前男友說。

男人沒有回答，也沒有任何的承諾。

然後她又說：「要是有天你愛上了別人，你還會對我這麼好嗎？」

男人無法回答這個問題。然而，這個女人心裡知道，到了那天，她會永遠失去這個前男友。他怎麼可能愛著別人卻又一直照顧從前的女朋友，隨傳隨到、隨時打開家門讓她進來過夜、來找他陪伴呢？

只要有一天，他愛上了別人，這個後盾和所有的承諾就不再存在了。

甘願做備胎的前男友，只因為心裡有一個放不下的前女友，他在等著她回來。等太久了，他漸漸明白，她也許不會回來了。他再也不敢奢望她回來身邊，他只希望她幸福。

然而，那些荒涼的夜晚，那些孤寂的長夜，他多麼希望她又跟現任吵架了，然後，她突然出現，拍他的門；他一如往常地打開門，她喝了很多酒，梨花帶雨，站也站不穩，看了他一眼，逕自走進屋裡，爬上他的床睡覺，就好像她從來沒有離開過。明天早上，她會在他身邊醒過來。

要是他有了別的女人，他放不下的前女友就再也不會出現了。她已經不再是他女朋友，但她是他不找女朋友的原因。

你離圓滿只差一點點

月不常圓，可我們總要求自己完美無瑕，
我們不喜歡看到自己的缺點，
我們也不喜歡別人看到。

二〇一八年是陳百強六十歲冥壽，他生前的經紀人陳家瑛回憶過去的點滴時說，她和陳百強兩個人都喜歡看月光，那時候他們每到一個地方登臺都會去看月光。

應該沒有人會不喜歡月光吧？無論月圓月缺都有它的美。看著月光的時候，我們總會想到自己生命中的陰晴圓缺，每個人都會離開，月亮卻一直都在那兒。看著天上的月光，你突然明白了人生的短暫，你突然了解離別。

我不認識陳百強，但是，在他出事前不久，我見過他。那時候，蘭桂坊有一家很出名的日本餐廳，店名叫喜八，人氣很高，幾乎每晚都座無虛席。在那裡，你常常會碰到許多明星，他們在喜八吃完飯就會去附近的夜店玩。那個年代是蘭桂坊的黃金時代。

那天晚上，我和朋友在喜八吃飯，陳百強就坐在我附近，他心情似乎不太好，這就是我對他最後的印象。兩三個月後，他就出事了，再也沒有醒過來。

陳家瑛回憶說，生前最後的那些日子，陳百強覺得自己寫不出歌，以前那麼多的靈感，突然好像都沒有了，心情很不好。

追求完美是很痛苦的吧？月不常圓，可我們總要求自己完美無瑕，我們不喜歡看到自己的缺點，我們也不喜歡別人看到。

我們苦苦追求完美，為難自己，也為難身邊的人。一旦發現自己不完美的時候，我們就會討厭自己。我們希望自己愛的那個人也必須是完美的。他滿足我所有的想像與期待，要是他讓我失望，要是他不完美，我會恨他。

我也曾是那個追求完美的人，到頭來，我讓自己失望了。哪裡會有什麼完美呢？都是虛幻的，都是自討苦吃。月圓很美，月缺也很美啊。

慢慢地，慢慢地，你知道你可以對自己有要求，甚至有更高的要求，但是，那只是個目標，你全力以赴，無愧於自己，這就已經足夠。盡力了，即使做得不好，也不要責備自己。

連自己都不完美，又為什麼要求別人完美呢？世上並沒有完美的愛情，不過是互相包容而已。因為愛，所以包容；因為了解，所以包容。我們都不完美，這才需要另一個人來完善我們。因為你的出現，我才知道不完美也很快樂。

年少的時候只懂一味追求完美，沒那麼年輕了，走過百孔千瘡的日子，才知道活著不容易，才學會放過自己，也放過別人。

我們都努力就好了。

哪裡有什麼圓滿和完美呢？我們的心，連完整都談不上，只是湊合著吧，自己跟自己湊合，跟所愛的人湊合，跟自己的人生湊合著過。這份湊合並不消極，而是領悟。

只要你做個善良的人，只要你肯努力，只要你有所追尋，你就離圓滿只差一點點。

一年又中秋，圓滿不難，你幸福就好。

人在夜晚不一定格外脆弱，卻也許是格外寂寞和孤獨，也容易感傷，需要慰藉和懷抱。要是沒有慰藉和懷抱，那就只好把自己投向面前的食物，這時候，味道已經不那麼重要了，只為了跟自己或者某個人消磨一個夜晚。

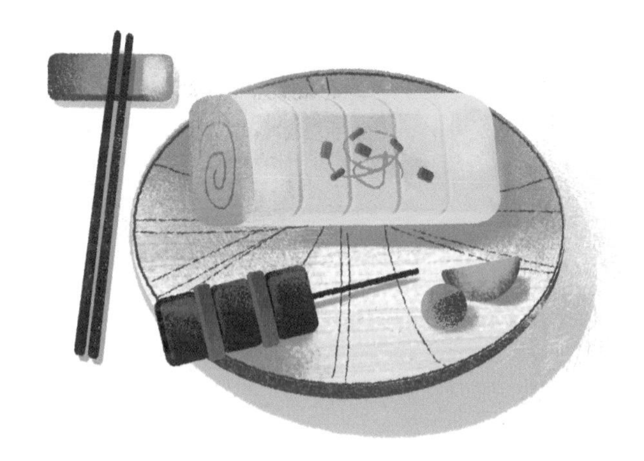

CHIP

我心裡依然有一個永不流逝的派對，賓客滿堂，純屬因緣際會。有個人陪我坐到最後，陪我喝最後一杯香檳，他也牽著我的手走進夜色裡，走進晚風中，走在歸途上，走在他的生命裡，這才是我要的派對。所有的絢爛繽紛，所有的喧鬧，都是過眼雲煙，在死去之前，我只想這樣活過。

Chapter 5

願你能活得邋遢，也能活得精緻

好看的皮囊和有趣的靈魂

我們需要考慮的是，
是不是值得為一個有趣的靈魂而放棄一副好看的皮囊。

好看的皮囊和有趣的靈魂，假如只能夠擁有其中一樣，你會怎麼選？

大部分人也許都會選擇好看的皮囊吧？我們就是這麼世俗。這裡說的是有趣的靈魂而不是偉大的靈魂，假如這個人的靈魂非常偉大，不日會功成名就，那麼，許多人，尤其是男人，也許寧願要一個偉大的靈魂。

凡夫俗子，我們需要考慮的是，是不是值得為一個有趣的靈魂而放棄一副好看的皮囊。

好看的皮囊會老，可是，有趣的靈魂也會老，老了就變得沒趣。多少乏味的人曾經也有個有趣的靈魂？

許多年前，朋友邀請我和一位大師吃飯，他說，大師是個非常有趣，也十分幽默可愛的老頭。我久聞大名，欣然赴會，可是，那頓飯真的有點沉悶。大師一點都沒有我朋友說的那麼有趣、可愛和幽默，我覺得我比他更幽默可愛啊。後來我想，也許那天他太累了吧，所以沒有展現出最好的他。

一年後，我們又有機會跟幾個朋友一起喝酒吃飯，大師終究還是個沒趣的人；當然，他也沒有一副好看的皮囊。飯後，我的朋友跟我說，大師年輕時真的是個說話非常風趣的人，迷他的女孩子多如天上繁星，都喜歡聽他說笑話。我的朋友很感慨地說：

「可能他真的老了。」

一個有趣的靈魂不會單單因為老了而變得沒趣，它只會因為不再進步，也不再好奇而變得不再有趣。

所以，有趣的靈魂也不見得一定比美貌長久。

那到底該怎麼選啊？

要一副好看的皮囊吧。

有一副好看的皮囊，人生會順利很多。

而且，當你有一副好看的皮囊，就會有很多有趣的靈魂愛上你，到時候，你可以隨意挑一個。往後的日子，在那有趣的靈魂身邊，耳濡目染，由他親自調教，只要你不笨，只要你好學又有點悟性，你的靈魂也會慢慢變得有趣。

愛情和婚姻不就是女人最好的學校嗎？學到什麼，得看你有多聰明。

前面說的那位大師，他後來再娶的那位比他年輕許多的太太，就有一副好看的皮囊。遇到大師的時候，她只是個普通的女孩子，然而，在大師身邊多年之後，她簡直脫胎換骨。她勤奮聰慧，悟性也高，一開始是她離不開大師，後來是大師離不開她。她的人生，始於一副好看的皮囊，然後，也有了一個有趣的靈魂。

要是你自問已經有一個有趣的靈魂，只是沒有一副好看的皮囊，那也不必灰心。有趣的靈魂得來不易，有的人就是天生沒趣。然而，好看的皮囊是可以努力的，五十分自然不可能變成一百分，整容也不可能有這個效果，若說有這個效果，也是騙你的。但是，五十分是可以變成七十分的。

其實你不需要去整容，自然美是最好的。好好打理你的皮膚和頭髮，把買包包的錢省下來，好好照顧你的牙齒，留一個適合你的髮型，學好化妝，常常運動，保持身材，吃有益的食物，好好保養……變美也是需要好奇心和上進心的，不去努力，你永遠不知道你可以有多麼好。

一生不長，為什麼要對自己失望呢？你是可以變好的。

只要努力，有一天，你會有一副不錯的皮囊和一個滿有趣的靈魂。

那麼，到時候，你要愛一個怎樣的男人呢？是愛一個有趣的靈魂還是一副好看的皮囊？

選個有趣的靈魂吧，有趣的人才可以過一輩子，你負責好看的皮囊就好了。

女人的二十、三十、四十應該怎麼過？怎麼愛？

你要一直向前走，過好這一生。

我的二十歲是怎麼過的，我已經完全想不起來了。那時一邊上學一邊上班，沒有什麼人生目標，為了想要被愛而戀愛，為了好奇而戀愛，那時會愛上一個男生是迷上他的才華，我的驕傲被他的才華徹底征服，後來不愛了是他雖然有才華但是一點都不聰明；比起才華，我還是喜歡比我聰明很多很多的男人。

那時大概有點混日子，書沒有好好讀，工作沒有好好做，整天忙著戀愛。我的二十歲沒有什麼作為，每到月底的前幾天就已經把薪水花光了，多半是花在餐桌上的。

三十歲生日，開了一個小小的派對，邀請了十幾個好朋友參加，全是工作上的朋友。喝香檳的時候，男朋友悄悄問我：「為什麼你的朋友全是男的？」我傻乎乎地抬頭看了看，除了一個女的，其他果然全都是男的。那是我人生中頭一次發現我的好朋友幾乎都是男的，而且都是直男，都是我的兄弟。這多麼難得啊，我是女中豪傑。

四十歲生日，桃花依舊，物是人非。

我的人生從來沒有什麼長遠的計畫，想到什麼就做什麼，我只有一個一個短期的目標，做到了再說。

多年以後，我知道我終究是幸運的，像我這樣一個想到什麼就做什麼的人，居然活得還不錯，而且不停有人問我女人的二十、三十和四十應該怎麼過。

我真的適合說這個題目嗎？

二十歲的時候，別說四十歲怎麼過，連三十歲是什麼樣子都無法想像。假如讓我回到二十歲，我會比那時努力很多，我不會愛上我那時愛的那個人。二十歲對愛情其實一點都不挑剔，更多的是青春的迷惘和好奇，是寂寞，也是孤單。

我希望你的二十歲要勇敢一些，要更自由些，什麼都去嘗試，要捨得，不要害怕失敗。至於要愛什麼人？誰能告訴你呢？愛那個愛你的人吧，愛一個比你聰明的人吧。要是你還在求學，愛一個學霸吧，別相信青春片那些故事，品學兼優的女生愛上同班那個壞小子，然後改變他。那是電影，現實多半不是這樣的，別讓愛情耽誤你的學業，你會後悔的。

要是重回三十歲，我還是想要那個生日派對，或許，我從來不是什麼女中豪傑，我喜歡跟男生做朋友，因為他們比女生更包容我。

我希望你的三十歲已經收穫愛情，女人好歹還是需要愛情的，需要被愛，需要很多很多的愛。三十歲的你應該比從前聰明些，也成熟些，知道什麼適合你。你應該挑剔些，不要為了戀愛而戀愛，也不必為了結婚而戀愛。什麼是嫁給婚姻？婚姻是美好和神聖的，只有嫁給愛情才是嫁給婚姻，否則，那只是嫁給生活和現實。

這個年紀，你要有自己喜歡的工作，有自己甘願為之努力的事業。當機遇來臨的時候，還請你好好把握，當你好好把握，才會有更多和更好的機遇。

還有就是，三十歲年輕得很，好好保養就是自愛，好好保養才可以走更遠的路。

要是可以重回四十歲，唯願我比當時更努力，做事做人更決斷，活得更好，也更懂得對人好。

我希望你的四十歲已經清楚自己想要什麼，已經做著自己喜歡的事，手上有點錢，有點可以維持體面的生活、可以過上好日子的錢，身邊也有可以陪你終老的人。人生的路，有個人陪著走終究是幸福的。

多做運動，多鍛鍊，保持你的童心，四十歲一點都不老。

過好你的四十歲，五十歲和六十歲可以更精采，到時候不要退下來，人生那麼短，為什麼要退下來啊？你要一直向前走，過好這一生。

二十、三十、四十，曾經那麼遙遠，一回頭卻已是曾經，人生何處不蒼涼？無論你多麼努力，無論你擁有多少，還是會感到蒼涼；可是，這蒼涼的境界也使你明白，你或許只有一次機會活得好，但永遠不會太遲。

你可不可以記住我不吃黃芥末？

人生有許多微小的渴望與失望、完整和破碎、喜歡和討厭。

吃牛排的時候，愛吃芥末的他跟服務生要來了兩種黃芥末，一種是英國芥末，另一種是法國芥末。他蘸著牛排吃得津津有味，然後問你：「你要一點芥末嗎？」你咬咬牙，無奈地說：「我從來都不吃芥末，你什麼時候見過我吃芥末啊？你為什麼永遠記不住我不吃什麼？」

可是，這個故事和這些對白以後還是會一直重演，下一次，一起吃牛排的時候，他又說：「這個芥末好吃呢，你要嗎？」

你從來不吃韭菜、韭黃、西芹、香菜、蔥和洋蔥，你受不了它們的氣味，可是，那天下館子，他點了一客韭菜叉燒炒蛋。你看著他很想吃的樣子，你放棄了，放棄告訴他你不吃韭菜。

每次吃粥的時候，他也從來不會主動提醒服務生，粥裡不要放蔥和香菜。他是不記得你不愛吃，還是認為總有一天你會改變，變得喜歡吃？

女人總是牢牢記住男人喜歡吃什麼，又討厭吃什麼。你知道他不吃青蛙腿，不吃甜菜根，他也不喜歡香蕉的味道，你知道他喜歡番茄，喜歡咖哩和大蒜，喜歡醉雞。每次外出吃飯，在餐單上看到有他喜歡的菜，你就像發現了什麼好東西那樣，興奮地告訴他：「哎，這裡有你喜歡的醉雞呢。」

他呢，他看著餐單，好像只會想著自己想吃什麼，卻假裝民主地問你：「你想吃什麼？」

萬一你看起來好像拿不定主意，他會埋怨你有選擇困難症。要是你說「隨便什麼都好」，他又會說你沒主意。最後，你挑的幾個菜都是他喜歡吃的，他卻以為你也喜歡。

然後，他問你要不要來一點芥末。

你終於崩潰了，忍不住問他：「為什麼你永遠記不住我不吃什麼？」

他笑嘻嘻地說：「人會改變的啊。」

你氣鼓鼓地說：「這方面我不會改變。」

「你以前不吃苦瓜，你現在吃啊。」

你洩了氣，只好說：「凡事總有例外。」

是啊！人的口味會改變，可是，在你改變之前，你希望他記住你不吃什麼。你只是不吃那幾樣東西，記住有那麼難嗎？

你不吃黃芥末，不吃韭菜，不吃韭黃，不吃香菜，這些看似微小的東西，對你卻是重要的。有個人記住你不愛吃這幾樣東西，那多好啊，多幸福啊。你卻也不會因為那個人永遠記不住你不吃黃芥末就不愛他，你只會心裡就像吃了黃芥末一樣，有點酸澀。

你想要的，是被記住的幸福。記住你喜歡吃的東西不難，因為你總會掛在嘴邊，你也總會常常吃；可是，要記住你討厭吃什麼，需要的是多一份細心。

人生有許多微小的渴望與失望、完整和破碎、喜歡和討厭，即便是相愛的兩個人，口味也會各有不同。身邊有個人，他永遠記住你喜歡什麼，也記住你討厭什麼、你不吃什麼，那多溫暖啊。

某個孤單的長夜，當我疲憊至極，當我沮喪，我只要知道，有個人記得我不吃黃芥末。

月亮告訴你的幾件事情

你在，就是明月當空。

曾經買過一盒喜馬拉雅山的粉紅岩鹽，不但可以拿來調味，也可以拿來泡澡。泡澡的話，最好能夠選一個月圓之夜，包裝上說，在月圓之夜泡一個粉紅岩鹽的澡，會有意想不到的效果。我泡過了，離開浴缸的時候，並沒有變成另一個人，也許，那些微小的變化是在身體裡、在感官裡，肉眼是看不到的。

月圓之夜有很多駭人的傳說，據說，吸血鬼、狼人和惡魔會在這天晚上出沒，因為月光的緣故，他們的魔力也會比平日強大很多倍。除非你獨個兒流落在荒山野嶺，否則又有什麼好害怕的呢？

月圓之夜的許多傳說，我從來不覺得可怕，倒是覺得浪漫。在這些夜晚，無論是狼人、惡魔，還是吸血鬼，也會比平日溫柔吧？因為這天是滿月啊，人不都嚮往圓滿嗎？既然圓滿了，你的戾氣和殘忍是不是可以暫時收起來？

我們所有的失望、氣餒和感傷，正是因為無論我們多麼努力也不可能抵達那片圓滿之地。我們遇到一個人，愛上這個人，他剛好也愛我，一起走下去的路，總難免會有許多許多的遺憾，然後有一天，多麼不捨也終究要告別。只有當我仰看穹蒼，看到那一輪皓月，或者看到一片殘月，我才又一次明白，陰晴圓缺從一開始就沒有停止過。

日出日落，月圓月缺，花開花謝，成住壞空，大自然的一切，不也是人生嗎？一生能看幾回月圓呢？滿月的日子，總是溫柔而難得的。

是月到中秋分外明，抑或月是故鄉明？這都沒關係了，中秋和故鄉，只要有喜歡的人陪著，月兒明亮，心也明亮。

是一個人的月亮清麗些，還是兩個人的月亮溫暖些？我一個人看過很多次月亮，也和另一個人一起看過很多次月亮。一個人的月亮空寂一些，卻有它的味道，兩個人的月亮溫馨一些，也幸福一些就是了。

暗戀是怎樣的一種滋味？月亮告訴你，是這樣的：

獨坐幽篁裡，彈琴復長嘯。深林人不知，明月來相照。

失戀是怎樣的一種滋味？月亮這麼說：

無言獨上西樓，月如鉤。

孤單又是什麼滋味？月亮如是說：

舉杯邀明月，對影成三人。

我們一生追求無數的東西，到頭來，我們最想要的其中一樣，應該就是能夠和所愛的人團圓吧？你在，就是明月當空。

多想和你在一起，吃人間煙火、月餅柚子，牽你的手，看雲聚雲散，靠在你身邊，看月圓月缺。你在，就不缺什麼。

人有悲歡離合，月有陰晴圓缺，我們每個人都離圓滿很遠，可還是會禁不住渴望圓滿。這種種渴望卻總有失落的時候，然後，你看出了這是個充滿遺憾的世界，放得開得失，放不開執著；放得開名利，放不開欲念。生老病死、愛別離苦，開心或者不開心都是短暫的，於是漸漸明白，人唯有減少欲望才會快樂，也唯有心中的平安最是難得。

相聚和離別，就是生命本身。誰曾為你回眸？你又曾為誰回首？當你明白愛情的聚散離合，也就明白了人生的聚散。擁有的時候，好好珍惜吧，哪裡會有圓滿呢？我們都帶著遺憾生活。真的有對的人嗎？或許，所謂對的人，就是那個挺不錯的人。

月亮不會說話，卻告訴了我們，因為有遺憾，才有圓滿。珍惜當下，珍惜你擁有的幸福，就是心中的小圓滿。中秋快樂，但願此情長久。

我的深夜食堂

味道已經不那麼重要了，
只為了跟自己或者某個人消磨一個夜晚。

國產的《深夜食堂》一開播就被罵得很慘，觀眾實在看不過眼了，紛紛動手寫自己的深夜食堂，許多故事寫得比電視劇更真實而有味道，這個結果是劇組意想不到的吧？

原著是漫畫，情節本來就比較單薄，改編成電視劇和電影也都有點平淡，讀者和觀眾喜歡這些小故事，更多是因為寂寞和孤獨吧？

曾經有個女孩問我一個很可愛的問題，她問我：「人為什麼在夜晚變得格外脆弱？」

那是因為夜晚太黑暗，太漫長了吧？當然，也有可能是因為夜晚不用上班。人並不是白天不脆弱，而是下班了，只剩下自己一個了，終於可以盡情脆弱和哭泣。

三更半夜，無論是因為飢餓，還是因為寂寞或者高興而在外面吃，各有各的難忘故事。夜晚的故事，離開了熾烈的陽光，也就變得格外溫柔。

三口子的深夜食堂是我童年一段美好而溫柔的回憶。那時爸爸要值夜班，爸爸很愛吃，也很會吃，我常常熬夜不睡，就是為了等他下班回來帶我去吃好吃的。過了十二點鐘，終於聽到熟悉的腳步聲，爸爸回來了，我也餓了，他大概是早已經想好這天晚上要吃什麼，高高興興地領著我和媽媽去吃各種夜宵。

我們住在灣仔，香港的灣仔從前有個別名叫「不夜天」。這裡是個五光十色、夜夜笙歌的地方，到了夜晚依然燈火通明，同一條街有幾家麻將館，每隔十步就有一家舞廳，還有戲院、歌廳和檯球室，同時卻也有幾家很有名的書店。灣仔有那麼多過著夜生活的男男女女，是銷金窩，也是一片江湖，自然也就有很多通宵營業的排檔和小飯館。

有一段很長的時間，我們差不多每晚都會去一家叫「三六九」的小菜館。「三六九」做的是上海菜，我最愛吃那裡的排骨麵和芝麻湯圓。他們的芝麻湯圓每一顆都像橘子那麼大，我的童年卻是怎麼吃都不胖的童年，瘦骨伶仃的，大人都以為我肚子裡住了一窩蟲子。

除了排骨麵和芝麻湯圓，我也很愛吃「三六九」的上海粗炒麵、五香牛肉和油爆蝦。媽媽愛吃鮮肉鍋貼和炒年糕，爸爸什麼都吃，只要有冰凍的啤酒就好。那時的「三六九」有兩層高，燈光很白，空調很冷，常常有各式人物登場，應該也有許多痴男怨女。可惜我那時太小了，還不懂得旁觀別人的故事。

灣仔現在還有一家「三六九」，已經不是舊時那一家，也不在原址，依然是半夜才打烊，聽說味道比不上從前了。

這些年來，我一直尋找好吃的排骨麵，可是，很多上海菜館的菜單上都沒有這道主食。一碗排骨麵賣不了多少錢，老闆寧願多賣些賺錢的小菜。

即便我能找到兒時常吃的排骨麵、港式西餐的黑椒牛排和排檔的海鮮小炒，無論如何也不會是童年的味道了。那家燈光很白、空調很冷的館子已經不在，排檔和西餐廳也消失了，三口子而今只剩下一個人，我也早過了怎麼吃都不胖的年紀，再也不敢吃夜宵了，會長肉啊。

童年之後，我再次偶然吃夜宵，是在電視臺混的那段日子。那時年輕又好奇，跟最要好的幾個同事和朋友常常徹夜還到處找吃的，聊天聊到半夜才捨得回家。二十世紀八〇年代是香港電影和樂壇興旺的年代，名氣最大的深夜食堂是九龍尖沙咀的「水車屋」，它比漫畫裡的深夜食堂華麗得多，檔次也高很多。

「水車屋」做的是日本菜，魚生、壽司、熱食，一應俱全，他們家的鐵板燒跟日本只用男廚師不一樣，全都由年輕漂亮的女廚師來做，做法和味道也變得很港式。「水車屋」是不打烊的，那是個還沒有狗仔隊的年代，娛樂圈無論臺前幕後的人，都喜歡在這兒吃夜宵，這裡每晚星光熠熠，梅豔芳和張學友是熟客，不醉不歸。在娛樂圈工作而從來沒去過「水車屋」的，肯定不是什麼有頭面的人。

日劇《東京女子圖鑑》裡面，女主角說，三十歲前由男朋友請客，在惠比壽的 Joël Robuchon（喬爾．盧布松）吃一頓晚飯，是每個東京女子的夢想。在整個二十世紀八〇年代到九〇年代初的香港，男朋友從來沒請你在「水車屋」吃過飯，他也是有點吝嗇了。

從九〇年代中期開始，娛樂圈風光不再，「水車屋」也漸漸沒落，所有的店都關門了。香港現在可以吃夜宵的地方來來去去就那幾個，跟我童年相比，太乏味，也太沒趣了，我都提不起勁去吃。

出家人過午不食，清心寡欲，這使我更覺得喜歡吃夜宵的人煙火味特別重一些，欲望多一些，也放縱些。人在夜晚不一定格外脆弱，卻也許是格外寂寞和孤獨，也容易感傷，需要慰藉和懷抱。要是沒有慰藉和懷抱，那就只好把自己投向面前的食物，這時候，味道已經不那麼重要了，只為了跟自己或者某個人消磨一個夜晚。

夜晚真的是太漫長嗎？而其實，它和白天差不多一樣長，只是太黑暗；這黑暗卻又偏偏讓我們看到了自己的內心，照見了苦和樂。有時候，醒著是比夢著更虛幻。

那個說過要釣金龜的女孩

這時代有什麼所謂的金龜呢？
你就是自己的金龜。

那些說過要釣金龜的女孩，後來怎樣了呢？

應該是命運各異吧？有些女孩如願嫁給了王子，有些女孩到頭來只能過自己的小日子。

曾有一個女孩，當我問她有什麼願望的時候，她既坦白也直率地告訴我，她想嫁個金龜婿。虛榮無所謂對錯，虛榮也是一種上進心，多少人因為虛榮而發憤圖強，過上自己喜歡的生活；可惜，也有多少人懷著一顆虛榮的心，終日做著白日夢，坐著等她的王子或者金龜來找她。

那個跟我說想找個金龜婿的女孩，後來並沒有如願以償。她換過一個又一個男朋友，沒有幾個是好的，最後挑的一個，既不是金龜，也不是銀龜或者銅龜，連紙龜都不是，可她已經大著肚子，不得不嫁。找金龜婿的路上，她從沒努力過，她沒有不斷使自己變得更優秀，她太懶惰了，以為金龜會自己送上門，她可沒有漂亮到那種程度。

另一個女孩，嘴裡沒說過要釣金龜，可她一直尋找的都是富有的男人。她有句口頭禪：「我為什麼要窮啊？我又不醜。」在尋找金龜的路上，她卻一直遇人不淑，那些男人的確有點錢，可並不專一。其中一個對她挺好的，也不花心，可是，他有個非常厲害也勢利眼的媽媽。這位媽媽掌握家族的財政大權，她打心底看不起那些想攀附的女孩，她只接受三種兒媳：與他兒子門當戶對的千金小姐、獨當一面的專業女性、漂亮出眾的女明星。可惜，這個女孩三樣都不是，她只是個窮女孩，連大學都沒讀過，工作也不努力。

嫁金龜的夢一個又一個破碎了，最後，她等不下去了，嫁一個對她千依百順的普通人，和他過尋常日子。沒有豪宅，沒有名車，沒有花不完的錢，兩個人結婚的錢還是她拿了一半私己出來，婚禮上戴著的那顆小小的鑽戒跟她幻想過的那顆鑽戒相差了也許有十幾克拉。

她快樂嗎？她始終是不甘心的。

都什麼時代了？說自己想要嫁個金龜，難道不會臉紅嗎？把這個想法藏在心底或者索性丟得遠遠的吧。倚靠男人不如倚靠自己，下半生看公公婆婆的臉色，不如不嫁。人生那般短暫，值得為一個所謂金龜而委屈自己嗎？

這時代有什麼所謂的金龜呢？你就是自己的金龜。

當你出色，就無所謂高攀，高攀那麼辛苦，卻又不保證天長地久。

嫁給金龜，分手的那天能拿到幾個錢？也許一無所有，而青春已經不再了。

假如你擁有一顆那麼強大的虛榮心，請不要只一味想著依靠一個男人來實現你夢想的一切，萬一沒有這個人呢？萬一這個人出現了卻嫌你配不起他呢？萬一他不嫌你但他家裡嫌你呢？

世上最難的事是求人，用你那顆強大的虛榮心自強不息吧，萬一沒遇到比你富有的男人，你還有你自己，問男人要愛情就好了。

永不流逝的派對

有個人陪我坐到最後，
陪我喝最後一杯香檳，
他也牽著我的手走進夜色裡，
走進晚風中，走在歸途上，走在他的生命裡。

一個快要結婚的女孩子問我：「你有沒有曾經愛一個人愛到死去活來？」

當然是有啊。

她苦哈哈地說：「可我從來就沒有，從來不曾愛一個人愛到死去活來，愛到不能自拔，愛到不能沒有對方。」

那也不奇怪啊，每個人都不一樣，你是一個怎樣的人，就會遇到怎樣的愛情。我們總是以為女人都嚮往愛情，是的，我們比男人更嚮往和憧憬愛情，卻不是每個女人都嚮往轟烈。

愛情不一定都轟烈，大部分愛情都不轟烈，能夠不平淡已經很難得。要是你以為愛情必然是轟烈的，那你就注定會失望，你也實在太年輕了。

這個在聖誕節之後就要成為別人的太太的女孩，一直相信自己追求愛情，一直說要嫁給愛情，可她最後選擇的是一個她覺得可以嫁、可以給她安穩生活的男人。她愛過幾個男人，沒有開花結果，也說不上刻骨銘心，然後遇到她未來的丈夫。他不是個熱情的人，他甚至不痴心，他只是覺得是時候結婚了，而這個未來太太是他願意共度餘生的。

她答應嫁給他，因為他看起來是那麼好，兩個人有很多話說，兩個人都想要孩子，兩個人都想安定下來，她心裡想：「這不就是在適當的時間遇到適當的人嗎？」

她懶得再去找別人了，她不想再戀愛，然後失戀，然後又愛上別人，再一次失戀，然後形單影隻，一個人過冬，一個人過聖誕節，一個人過情人節，一個人吃飯和睡覺。她將要嫁的這個男人挺好的，願意遷就她，不需要她為生活擔憂，過去和將來所有的節日也都會陪在她身邊。她唯一缺乏的，也許只是一份激情和她所曾幻想的死去活來與生死相許。

可她沒看出來，她的缺乏與人無尤，而是她根本不需要。她不是個激情的人，不是個不顧一切的人，她甚至不是一個浪漫的人。她太實際。

有時候，實際又有什麼不好呢？從來不曾愛到死去活來，也就不會痛苦；不追求轟烈，也就不會受傷；不曾生死相許，也就不會失望。

痛苦不都來自許多不切實際的期望嗎？

激情和浪漫之後，也許是孤單和寂寞。人生怎可能每天都是舞榭歌臺呢？

你期待的愛情和你得到的也許是兩回事，每個人對自己都有錯誤的理解和幻想，也都有自己的局限。

我曾是那個只要愛就愛到死去活來的人，我是那個追求轟烈也渴望轟烈的人，我也曾是那個一旦愛上了就不想自拔的人。若愛，就生死相依；若不愛，就不相往來。

可是，人畢竟是會變的。有時候，我懷念那個有著激烈的愛恨的自己，我想念那個愛一個人愛到哀傷的自己。只是，人不可能一直都參加派對。

所有的愛恨終有一天會轉化，深深埋在心底裡，千帆過盡，只道是尋常。

我心裡依然有一個永不流逝的派對，賓客滿堂，純屬因緣際會。有個人陪我坐到最後，陪我喝最後一杯香檳，他也牽著我的手走進夜色裡，走進晚風中，走在歸途上，走在他的生命裡，這才是我要的派對。所有的絢爛繽紛，所有的喧鬧，都是過眼雲煙，在死去之前，我只想這樣活過。

親愛的，聖誕快樂。

願你能活得邋遢，也能活得精緻

人前全副武裝，回到家裡就是解甲歸田。
精緻是自我要求，邋遢卻是一種境界。

認識多年的髮型師有一次很認真地跟我說：「有個問題我想問你很久了，為什麼每次看到你都是披頭散髮的呢？你明明可以好好梳頭。」

然後，不等我回答，他自己回答自己：「藝術家都是這樣的吧。」

我哪兒有披頭散髮呢？頂多是有點亂吧？反正都去找他弄頭髮了，幹嘛還要先把頭髮梳好啊？

好吧，我承認我從來不帶梳子，自己在家吹頭髮的時候從來就沒有耐性把頭髮全部吹乾，全部吹乾太花時間了。可是，每次外出我是仔細搭配過衣服的。

有一次看鞏俐的電視專訪，主持人要她說一個關於她自己的秘密，她說，她每次一回到家裡就會換上睡衣，就算朋友來了她身上也是穿著睡衣。她特別喜歡法航頭等艙提供給乘客的睡衣，她穿過之後就買了很多套這個品牌的睡衣。

看完之後我真的上網搜了一下法航頭等艙提供的是哪個品牌的睡衣，可惜香港買不到。我也是只要在家就會穿睡衣的人，只是沒她那麼講究。寫稿的時候，最舒服的衣著當然是睡衣；在家吃飯、吃零食、看電視，最舒服的裝束，當然也是睡衣。

在家用不著梳頭吧？我都用一支髮夾把頭髮夾起來。在家也塗防曬霜？饒了我吧，我絕不。

在家裡，我是自由的，我是無拘無束的，要多隨便就有多隨便。如果這樣算是邋遢的話，那麼，我也是個邋遢的女人。

許多年前，我在電視臺上班，那陣子很忙，一天，我化了點妝就匆匆忙忙上班去，頭髮有點亂，我索性用一支髮夾把前額的頭髮夾起來算了。老闆從來沒見過我這個樣子，他一看到我，就搖搖頭說：「你為什麼弄成這樣？」

忙成這樣，哪兒有時間啊？

作為一個女人，我承認我對美的追求不夠執著。大部分女人不都是這樣嗎？我們都有點人格分裂，平時在家邋邋遢遢，心情不好的話甚至不洗澡、不洗頭，當然也不洗碗。可是，出去見人，只要有時間打扮，我們是盡量精緻的。

工作的時候，我們是認真的，所以回到家裡可以奔放些。約會的時候，我們是講究打扮的，所以回到家裡再也不用那麼講究。

熱戀的時候，我們是乾淨的、香噴噴的，當對方已經變成像家人一樣，逃不出我的五指山，我是沒那麼乾淨，也沒那麼香的。

我們賺錢買好東西，咬著牙買下很多昂貴的護膚品，可最舒服的還是什麼都不需要往臉上塗。

出於好奇和美好的幻想，我們買了各種各樣最新的美容儀。錢花了很多，可是從來無法堅持，那些美容儀後來都變成家裡的擺設。

那又有什麼關係呢？下次聽說有什麼好的美容儀，我們還是會買的，並且相信自己這一次會堅持。每個女人面對這些小東西的時候都是樂觀的，無法堅持的時候，也是豁達的。

邋遢有時，精緻有時。

邋遢的那個是我，精緻的那個也是我；勤奮的那個是我，懶散的那個也是我；精明的那個是我，糊塗的那個也是我；堅強的那個是我，脆弱的那個也是我；愛笑的那個是我，愛哭的那個也是我。

穿上漂亮的長裙，拿著心愛的包包在餐廳裡喝香檳、吃法國菜的那個是我；剛剛自己在家裡染完頭髮，頭髮濕濕的，還沒吹乾就穿著睡衣窩在沙發上吃餅乾的那個也是我。

被人稱讚漂亮的那個是我，自己看著很糟糕的那個也是我。

一切都會變，唯有我的多變不會改變。

出去活給別人看，回家活給自己看；出去活給仇人看，活給前任看，活給嫉妒我的人看，回家活給自己看，活給親愛的人看。

人前全副武裝，回到家裡就是解甲歸田。精緻是自我要求，邋遢卻是一種境界。邋遢的時候，我是最真實的我，最無欲無求的我。

一個女人從來沒有邋遢過，又怎能算是活過呢？願你能活得邋遢，也能活得精緻。

大城女子圖鑑

每一個大城市，
不都有各種起起落落、得意和失意、成和敗、愛和恨嗎？
到了夜晚，不都有很多寂寞的人嗎？

大半夜看五十嵐大介的漫畫《小森食光》改編的韓國電影《小森林》，真的會肚子餓呢。年輕的女主人公從小就渴望離開長大的小鄉鎮，到首爾去闖。終於，她去首爾了，可惜，她在首爾過得並不如意，生活也沒有她想像的容易。一次考試落第之後，她打包行李，獨自回到有點荒僻的故鄉。

從前住的屋子還在那兒，還是原樣，只是屋前積滿了厚厚的雪。到家的那個夜晚，她肚子餓得咕咕響，走出去挖開門前的積雪，挖出了一棵大白菜煮來吃。

這女孩的廚藝好得不得了，會做泡菜和各種的菜，會做麵包，會煮湯、揉麵，連酒都可以自己釀，又會曬柿子乾，還會種菜。

這樣的女孩是適合田園和森林的吧？

我們常常在雜誌和網路上看到許多歸園田居的故事，說的是某個厭倦了城市生活的女孩決定回故鄉去，或者住在一個遠離大城市的小鄉鎮，洗盡鉛華，不需要漂亮的衣服和包包，用不著每天擠地鐵上班，不再在大公司裡掙扎求存或者爾虞我詐。她放棄了那些看起來五光十色的生活，回歸最簡單的日子。這樣的故事總是讓人嚮往的，可是，真的適合每一個人嗎？

女孩子要過上這種生活，不需要很有錢，卻需要一身本領，也許得像《小森林》的女主人公那麼會做菜，還會下田種菜，這才可以不花大錢也能養活自己；也許得像有些女孩那樣，什麼都會自己做，自己撿破爛回家，然後改造成漂亮的家具，自己會做衣服，會做窗簾布，甚至還會修水管和鋸木、砍柴。我們這些從小在城市長大的女孩子，就連去宜家家居買一個小小的木櫃，也寧願多付費用請他們代為安裝，要我們離開城市去鄉鎮生活，也許並沒有想像中那麼美。

下田種菜也沒有電影描述的那麼簡單。我有兩個朋友，在郊外租了一塊田，兩個人每個週末去種菜，滿心以為以後可以吃到自己種的菜，還可以送一些給我。可是，一年下來，他們收割的菜連自己吃都不夠。他們送我的，只有幾根香蕉，可那些香蕉根本就不是他們種的，那塊田旁邊本來就有一棵香蕉樹。

《東京女子圖鑑》之後，又有《北京女子圖鑑》，兩部劇都很紅，接下來還有《上海女子圖鑑》，每個在大城市生活的女子在故事裡也許都能找到自己。所有大城市的故事不都類似嗎？就像所有小鄉鎮的故事也會類似。

我不知道未來會不會有《香港女子圖鑑》《紐約女子圖鑑》《巴黎女子圖鑑》……每一個大城市，不都有各種起起落落、得意和失意、成和敗、愛和恨嗎？到了夜晚，不都有很多寂寞的人嗎？

當我們在這裡覺得疲憊、孤單和沮喪的時候，我們常常幻想可以逃跑，逃到一個遙遠而寧靜的小鎮，從此遠離塵囂，過上自己真正喜歡的生活。可是，冷靜想一想，我有一門好手藝嗎？我能夠不需要陪伴而生活嗎？我會伐木砍柴燒飯種菜嗎？如果有需要，我是不是曉得怎樣幫我家那隻母狗接生？

於是，我們這些女子，只好打起精神在這個擁擠而熟識的城市努力過日子。

女人五十

當你明白人生只有一次，你就知道，
每一個年紀也都是重新出發的年紀，
請不要停下來，請你遠離無知和束縛，
請你去學習、去進步，請你去愛、去追尋，去活出一個最好的你。

距今二十二年，即是一九九八年，《慾望城市》開播，飾演凱莉、夏洛特和米蘭達的三個女主角，在戲外的年齡分別是三十三歲、三十歲和三十二歲，薩蔓莎就更老一些了，她當時已經四十二歲了。可是，這妨礙她們在戲裡追逐愛情嗎？觀眾照樣看得投入，覺得每一個主角好像也都有自己的影子。我們追劇的時候，心裡不會說：「哎，她們不都很老了嗎？怎麼還在情海浮沉啊？」

如今，她們也都年過五十了。

年過五十，曾是多麼不可思議的年歲？想起也覺得驚心動魄，可是，除非天妒紅顏，否則，每個女人都會走到這一天。

什麼凍齡美女，什麼美魔女，都是騙人的吧？《慾望城市》裡的幾個女主角什麼時候說過這些字眼或者類似的字眼？她們坦蕩而自由，不追求這個，女人不需要凍齡也依然可以追求愛情、夢想和自己想要的生活。哪兒有什麼凍齡美女和美魔女呢？都不過是高超的醫學美容和整容，還有修圖。

有些人長得年輕些，那是她得天獨厚，擁有年輕的基因。女人五十，無可避免會發現自己似乎全身都在走下坡路。

這時候，你想要依然好看，並不是要假裝青春，也並不是不肯長大，而是活出你這個歲數該有的氣質，安然接受自己。

愈想要留住青春，到頭來只會愈顯老。

你以為把黑髮漂染成金色會年輕很多嗎？是的，但是對不起，那只限於年輕女子，只有年輕女子把髮色弄淺一些才會年輕些。當你年過五十，金色的頭髮不但再也沒有減齡的作用，還只會讓你顯得比原來的年紀更大些。

你以為濃妝豔抹可以掩蓋皺紋，讓你看上去不像五十嗎？對不起，所有濃妝豔抹這時只會出賣你的年紀。女人五十，用的是減法，減少一些脂粉，減少一些不必要的裝飾，扔掉那些給二十歲女孩穿的衣服吧。

所有勉強留住青春的行為，看起來都是難堪的。

最難的事也許是恰如其分。

衣著暴露的五十歲、繼續撒嬌的五十歲、裝成小女孩的五十歲……要是你稍微有點悟性，你怎麼能夠原諒這樣的自己？

坦然接受自己的年紀，你才能夠不被年齡左右。法國女人到了五十歲還在追求愛情，甚至會一直追求下去。皺紋又算什麼呢？不再年輕的肉體若能成就一點迷人的經歷與智慧，那就是另一種吸引力。

天天去美容院，躺在那兒等著別人用機器幫你保持年輕，不如勤奮些做運動，做運動能使你快樂。

即使有孩子了，也永遠不要變成歐巴桑的模樣。

單身的話，好好去享受一個人或者兩個人的日子吧。不必羨慕年輕女孩，假若要你從頭來一次，再年輕一次，再一次從二十歲走到五十歲，估計你打死也不願意。

五十歲，去做你曾經想做而沒做的事吧，去學習你曾經想學習卻沒機會學習的東西吧。一個人也好，兩個人也好，生活如果沒有了愛和被愛的感覺，那是多麼乏味？

五十歲的時候，盡量做個知性的、有情有趣的女人吧，這樣才好玩，這時候，你其實已經不怕老了，你怕的是錯過。

許多女人到了五十歲就停下來，然而，當你明白人生只有一次，你就知道，每一個年紀也都是重新出發的年紀，請不要停下來，請你遠離無知和束縛，請你去學習、去進步，請你去愛、去追尋，去活出一個最好的你。

下一個五十年，你怎麼知道你還能活著去做這一切？

你今晚Bralessdrunk了嗎？

我們也是需要自我放逐的，這並不是男人的專利。

你家裡有沒有一個這樣的男人？

他忙完一天，下班回到家裡，臨睡時，總得喝杯啤酒。他打著赤膊，穿一條家居短褲，或者只穿一條短內褲，自個兒占據著家中一個角落，悠閒地喝著他心愛的啤酒，做著自己喜歡而你覺得無聊的事。

這是他一天裡最寫意自在的時光，他不介意以後會有個啤酒肚，他甚至很享受那些下酒的垃圾食物。要是你拿走他這份快樂，催促他早點上床睡覺，叫他穿上衣服別著涼，叫他別喝那麼多，他會覺得你很煩，認為你不理解他，認為你自私；但請放心，這份快樂和自由是你無論如何也拿不走的，是他會努力去捍衛的。

然後，有一天，你發現他這個穿內褲喝啤酒的習慣竟然很北歐，也很時髦，而不是像你老爸，而且還有一個很時尚的專用形容詞叫Päntsdrunk，就是穿著內褲自個兒在家喝啤酒的意思。

Päntsdrunk是男人療癒的方式，就像女人去做了個香熏按摩和泡個溫泉那樣。

芬蘭作家Miska Rantanen（米斯卡．蘭塔寧）的新書Päntsdrunk:Kalsarikänni: The Finnish Path to Relaxation描述的就是這樣的一種生活。

Päntsdrunk是每個在職場上拚搏的男人的權利與自由，是自我放逐，卻也是自我療癒；是男人的追尋，也是男人之間心照不宣的快樂。

Päntsdrunk是為了活得更好，是為了明天一覺醒來可以充滿活力；是生活，甚至是人生的必需品。

若要充分享受這份快樂，男人必須解除一切束縛，全身上下脫得只剩一條內褲。說真的，我不知道他們冬天怎麼辦。冬天Pntsdrunk難道不會著涼嗎？感冒了就不好，就不那麼自在了。也許，冬天可以容許自己穿秋褲和內衣吧。

小時候，大家的老爸不也是這樣嗎？男人都需要一些私密的時光才會感覺自己活得不錯，再累也值得。畢竟，生活從來不易。原來，我們的老爸都走得很超前，都是Päntsdrunk。

只是，時代不同了，回家喝酒不但是男人的自我療癒，也是女人的自我療癒，女人下班之後回到家裡，也想要舒舒服服坐下來喝一杯。

然而，即使家裡只有自己一個人，只穿內褲喝酒好像也沒那麼舒服，感覺怪怪的。男人和女人的身體結構不一樣，我們的「負擔」並不是在下半身。對女人來說，至少對我來說，最舒服自在的應該是一回家就脫掉胸罩吧？這是作為女人的最大的肉身束縛。

我們不Päntsdrunk，我們可不可以也有個專門的形容詞？我想到的，是Bralessdrunk。

喝啤酒真的會有啤酒肚，有了啤酒肚就不好了。有些酒，是更適合女人喝的，比如雪利酒、氣泡酒、梅酒、波特酒和香檳。你喜歡烈一點的，也可以來一點威士忌和干邑。

在外面奔波了一天，看盡了人情冷暖，看厭了各種奉承和逢迎，也受夠了那些笨蛋，回到家裡，早就累癱了。一個人住也好，兩個人住也好，脫掉衣服鞋子，洗個澡，然後坐下來，喝一杯，吃些無益的食物，讀一本無用的書，追劇、上網、跟朋友聊天，做些自己喜歡而不需要有任何意義的事，突然發現，這才是生活啊。

我們也是需要自我放逐的，這並不是男人的專利。

如果生活沒有了這些頹廢的時刻，將是多麼乏味無趣？

如果減壓的方式只有買包包、鞋子和化妝品，月底看到帳單的時候，心裡難道不會感覺一片荒涼嗎？

生活，還是需要一些看似毫無意義卻還是有點意義的時光，那才可以每天爬起床裝備自己，繼續出去奮鬥。

Bralessdrunk是夜晚一個人在家裡的心靈旅行。生活何曾容易？人總有孤獨的時刻，學會去享受孤獨，得喝點酒；愛情難免有陰晴圓缺和高低起落，有時愛，有時不愛，到底是愛你還是恨你？微醺之後，才看出了這一切皆是夢幻泡影，來生不一定能夠再見。明天我會對你好一些，明天我會懂得放手。

夜晚，回到家裡，踢掉高跟鞋，卸下胸前那片盔甲，解除身心一切的束縛，坐下來懶洋洋地喝一杯，這時候，你終於覺得自己活得像個人，像個有趣的人。

你今晚Bralessdrunk了嗎？

我的保養之道

我們唯一能做的，就是老得慢一些，再慢一些。

什麼時候覺得自己老了呢？就是生日的那天，收到最多的是「青春常駐」的祝福。

什麼時候覺得自己老了呢？就是以前每個人見到你本人的時候都說：「你好年輕啊。」「原來你這麼小。」這幾年，見到本人時，被問得最多的是：「你是怎樣保養的？」

聽到這句話，真不知道應該高興還是感傷。

光陰如飛似逝，哪裡有不老的人呢？哪裡有不老的紅顏呢？《如懿傳》開播，周迅的臉突然成了焦點，都說她老了，那張臉怎麼變成這樣了啊？怎麼可以演十六歲啊？

如果真的有錯，也不是演員的錯。當年無線電視第一次改編金庸的《倚天屠龍記》，飾演張無忌、趙敏的鄭少秋、汪明荃都已經三十歲出頭了，可沒有人嫌棄他們老。

戲好看就行了。

人生就是一齣戲吧？誰不是從童星演到老角？我們唯一能做的，就是老得慢一些，再慢一些。不要期待當你四十歲的時候看上去像十六歲，能像三十二歲就非常了不起了，像三十五歲也不錯。

長相是否年輕，真的是遺傳基因的事。有的人就是長得年輕，三十歲了還像二十四歲。有的人少年老成，二十幾歲的時候看上去像四十歲；幸好，五十歲的時候，他終於像五十歲了。我有個朋友，她二十七八歲的時候怎麼看都像三十多歲，明明單身，卻常常被人問：「你幾個孩子了？」

我們的基因決定了生命中的許多事情，包括健康。當然了，要是你那麼幸運，擁有良好的基因，你得好好去珍惜和維護，不要去破壞它。

我家裡人都長得比較年輕，但是，要說保養，我可能是最會保養的一個吧，因為我這個人充滿好奇心，喜歡研究新東西。

既然這幾年常常被人問到我是怎麼保養的，那麼，就說說我的心得吧。

每天早上二十顆枸杞子。

這個習慣維持了十多年，也推薦給過許多朋友，我身邊的朋友都是這麼吃的。十幾年前，看了無線電視一檔專題節目，主題是關於抗衰老的。節目訪問了幾位專家，都是在做抗衰老研究的，有皮膚科醫生，有生物學家，有科學家。我只記得幾位正在大學裡研究抗衰老的科學家說，他們長年研究，唯一真正有效抗衰老的食物，他們一致認為是枸杞子。這幾位科學家說，枸杞子可以每天吃，但不能一次吃太多，二十顆是最適當的。

從那一天開始，我就有了吃枸杞子的習慣。枸杞子不需要煮，早上吃麥片、小米粥、牛奶，或者香蕉豆漿的時候，把洗乾淨、泡過水的枸杞子加進去一起吃就可以了。

我都吃紅色的有機枸杞子，不用擔心有農藥。

每天做運動。

我一直有每天運動的習慣，這三年都在玩室內單車，可是前陣子兩邊胳膊因為長期重複某些動作而受傷，連手臂也抬不起來，非常痛苦，又要趕書，只好暫停一段時間，所以最近覺得自己老多了啊。

在努力老得慢些的過程中，也許是沒有「暫停」這兩個字的吧？以後有機會我會慢慢分享我的保養之道。

假裝沒買，男人和女人篇

女人自然是有許多方法把新買的衣服、鞋子和包包藏起來的。

近期一部很紅的電影Crazy Rich Asians，大家都看了嗎？（大陸譯作《摘金奇緣》，很不貼題，悶出鳥來，港譯《我的超豪男友》較好，但直譯《瘋狂亞洲富豪》不是更好、讓觀眾更有買票進場的意欲嗎？）

電影裡的男主角是新加坡一個超級有錢的大家族的長子嫡孫，但我想說的不是他，而是他的堂妹（還是表妹？忘記了）。這個女孩富到流油，為了愛情嫁給一個遠遠沒她那麼有錢的老公，結婚多年，她一直害怕老公自卑。她是所有名店的超級大豪客，珠寶首飾、衣服鞋子，天天都買一堆，數百萬一對的耳環，她眼睛不眨一下就刷卡；然而，每次買了東西回家，她會想方設法藏起來，藏在廚房的抽屜、藏在浴室的鏡櫃……總之是不能讓老公看到她又買東西，而且是那麼昂貴的東西。

這些情節是否讓你會心微笑？我們沒她買得那麼瘋，沒她那麼富有，也不是擔心老公自卑，但是，買了東西偷偷藏起來、假裝沒買，不是幾乎每個女人都做過的事嗎？

不是害怕男人自卑，而是不想他說我又買東西；即便花的是自己的錢，也不希望他覺得我是個揮霍的女人，於是只好假裝沒買。這種想法也許是自欺欺人，那個和你相處多年的男人，又怎會不知道你是個喜歡買東西的女人？

知道是一回事，但是，每次回家都被他看見你大包小包地買了一堆，形象不好啊。

女人自然是有許多方法把新買的衣服、鞋子和包包藏起來的。

不急著用的，索性留在店裡，改天再來拿。回家的時候，兩手空空，顯得自己今天很賢慧，出去一天，沒逛街，什麼也沒買，什麼都沒發生。

不想留在店裡，那就大包塞進小包裡，看起來並沒有買很多。

你也可以把剛買的衣服立刻穿在身上，這樣就神不知鬼不覺了。要是他那麼耳聰目明，看著你，皺眉說：「你今天早上出去的時候好像不是穿的這件衣服啊。」你只要一口咬定他記錯了就行。男人其實多半不記得你穿什麼。

真的無法隱瞞買了東西，那就隱瞞你花了多少錢吧，明明沒打折，就說打折了，很划算。這些伎倆，你不會不懂吧？

從來不是女人不老實，男人也有買了東西假裝沒買的時候啊。明明已經有很多手辦，看到喜歡的、限量版的，還是會買，然後趁著老婆不在家的時候偷偷帶回家裡藏起來；明明已經擁有許多昂貴的音響線，說過再也不會買了，但還是會偷偷再買、偷偷安裝。我們女人怎麼看得出來呢？就好像男人看不出來我身上的裙子是新買的還是舊的。

假裝沒買，這小小的謊言算不算是撒謊呢？應該不算吧？萬一實在瞞不過去，那就坦白招認吧，喜歡買東西又不是什麼罪惡，是因為在乎你，不想和你吵架呢。

國家圖書館出版品預行編目資料

當你夠強大，才能活成自己喜歡的樣子 / 張小嫻著. -- 初版. -- 臺北市：皇冠文化出版有限公司，2021.09
面； 公分. --（皇冠叢書；第 4965 種）(張小嫻愛情王國；16)
ISBN 978-957-33-3782-9(平裝)

855　　110013642

皇冠叢書第 4965 種
張小嫻愛情王國 16

當你夠強大，才能活成自己喜歡的樣子

作　　者—張小嫻
發 行 人—平雲
出版發行—皇冠文化出版有限公司
台北市敦化北路 120 巷 50 號
電話◎ 02-27168888
郵撥帳號◎ 15261516 號
皇冠出版社（香港）有限公司
香港銅鑼灣道 180 號百樂商業中心
19 字樓 1903 室
電話◎ 2529-1778　傳真◎ 2527-0904
總 編 輯—許婷婷
責任編輯—陳怡蓁
美術設計—嚴昱琳
初版一刷日期— 2021 年 09 月

法律顧問—王惠光律師

讀者服務傳真專線◎ 02-27150507
電腦編號◎ 537016
ISBN ◎ 978-957-33-3782-9
Printed in Taiwan
本書定價◎新台幣 360 元 / 港幣 120 元